云在青天
水在瓶

时潇含 著

 中国大百科全书出版社　

图书在版编目（CIP）数据

云在青天水在瓶 / 时潇含著. -- 北京：知识出版社，
2017.3
ISBN 978-7-5015-9442-9

Ⅰ．①云… Ⅱ．①时… Ⅲ．①散文集 — 中国 — 当代 Ⅳ.
①I267

中国版本图书馆CIP数据核字（2017）第031642号

责任编辑：万 卉　朱金叶
视觉监制：Sean.L
装帧设计：张志立　齐晓婷　戴 琨

云在青天水在瓶

出 版 人：姜钦云
出版发行：知识出版社
地　　址：北京市西城区阜成门北大街17号
邮　　编：100037
电　　话：010-88390659
印　　刷：太原日报传媒集团有限公司
开　　本：925mm×690mm　1/16
印　　张：15
字　　数：154千字
版　　次：2017年3月第1版
印　　次：2021年1月第9次印刷
书　　号：ISBN 978-7-5015-9442-9
定　　价：29.90元

顺其自然　心自湛然

　　记得从小学到大学阶段，我常常找来读的书，有先秦的古典文学作品，像诸子百家、历史传记；有西方大师级作家的作品，像莎士比亚、歌德、福克纳；也读一些中国近现代作家的作品，像莫言、苏童。现在，我时常写一些序言或评论，对象也多是一些经典作品。所以，当初拿到这本书稿，看到书名"云在青天水在瓶"时，我就有了一种耳目一新的感觉，在得知作者时潇含还是一名高中生后，我更对这本作品产生了强烈的好奇心，遂找了个专门的时间，静下心来，仔细地读了一读。

　　读罢全书，我首先惊叹于小潇含的阅读范围之广：从仓央嘉措到扎西拉姆·多多，从鲁迅到三毛，从佛教经典《六祖坛经》到孔尚任的《桃花扇》，从余华的《活着》到几米《布瓜的世界》，从"斜阳正在，烟柳断肠处"到"千里孤坟，无处话凄凉"，从"林花谢了春红，太匆匆"到"梦里不知身是客，一晌贪欢"……惊叹之余，我又为小作者的心思之细密、观察之入微、笔触之细腻而感动，在如今课业繁重的升学压力之下，小潇含还能谨守本心，坚持阅读和写作，实属不易。

　　诚如"云在青天，水在瓶"，云本应遨游于青天之中，水在瓶中也自有它的状态。自然万物是如此，人，亦如此。《礼记·大学篇》里说："知止而后有定；定而后能静；静而后能安；安而后能虑；虑而后能得。物有本末，事有终始，知所先后，则近道矣。"我们只有知道了自己的追求，才能坚定志向，坚定了志向才能镇静自若，镇静自若才能心安理得，心安理得才能思虑周详，思虑周详才能有所收获。可知，万事万物的发生和发展都有其缘由，正所谓"其来有自"，凡事应进退有度，不可强求。

顺其自然，心自湛然。这正是小潇含想通过本书表达的思想，正如她在接受采访时说，关于写作，所谓技巧和手法这些东西并不重要，如果没有思想，再华丽的语言也是白费。文章的立意最重要，写文章要忠实地面对自己的情绪。她亦是如此做的。我很欣赏小潇含的文字，她的文字中蕴含着生命的体验、悲悯的情怀、经典的气质、阳光的表达，使我有了一种遇到"少年知音"的感觉。

这个秉承"我在故我思"的高中女孩时潇含，站在青春的起跑线上，从生命个体出发去触碰世界。于她眼中，一景、一物、一事都饱含着自然的律动，不论是叙述、行走的亲力亲为，抑或是读书、叙述的穿梭感悟，始终闪现着真、善、美的人性底色。这样自在清明的文字，这样独特的生命体验，无不提醒着我们——生命，应活出本心。小潇含给我们大家做了一个很好的示范，她开了一个好头，也终将不会停下她努力求索的脚步。

"当我睁着眼时，我看见了一个世界；当我闭上眼时，我看见了自己。而我所找寻的，正是自己。"

路虽漫漫，终点的风景，却甚可期待。

鲁迅文学院副院长
著名作家、文学评论家

目　录

闭上眼，看见自己

请为先生开一盏灯

以一种深久的不安

笼　艺

附

闭上眼，看见自己

月亮在层层薄云、重重叠峦后若隐若现，它的清辉洒在大地上。我知道，在这个晚上，我拥有一个月亮。当我背向月亮，我看不见它的模样，但我看见月光轻叩柴门，惊起山鸟，把它温凉的指纹铭刻成山水文章。即使我看不见，但我知道，在这个晚上，我拥有一个月亮。

闭上眼，看见自己

　　月亮在层层薄云、重重叠峦后若隐若现，它的清辉洒在大地上。我知道，在这个晚上，我拥有一个月亮。当我背向月亮，我看不见它的模样，但我看见月光轻叩柴门，惊起山鸟，把它温凉的指纹铭刻成山水文章。即使我看不见，但我知道，在这个晚上，我拥有一个月亮。

　　我开始学会自问自答，在面对或是背对寂寞的时候。

　　当我面对一条小溪，我看见水顺着石砾汩汩地流过，片片鱼鳞在阳光的映射下闪着微微的光，轻小的石子由水流裹挟着迢迢远游。落叶腐朽的枯骨被无形的手撕裂，在命运中沉浮。还有那些映在水面上的树影，时而平静如止，时而被撞击得粉碎，宛若它们的形体已经逝去，而抬眼一看，树，仍在那里。

　　当我背对着同一条溪水，我听见水与岩石相互撞击时发出的哀鸣，如千军竞渡，百舸争流。它们痛苦地咆哮、冲撞，又各自退回，一个继续征程，一个固守金瓯。我听见水流的搅动、回旋，有细小的生命在其间欢腾，它们错杂的心跳形成鼓点，群山回响。

我听见一片落叶在离家时的哭泣，无可奈何的哀吟，当它落下时，风在它的眼角堆满褶皱，它的身体被尘埃染得枯黄，它惊恐地注视着自己的衰老，眼见着自己死亡，它歇斯底里的叫喊只在风中化作无规律的沙沙声响。当它落在水面时，它无力哭泣，只是叹息了一声，随即沉入水底。

我看见我面前的群山，在阳光中招摇，悠悠传出无人知晓的歌谣，亘古沉寂地回响。清风带着它的秘密呼啸着拂过天际，飞鸟衔着它的心声在天地中盘旋，鸣虫用优雅的歌嗓在最阴暗的角落讲述着它的前世。我听见匆匆的摩挲、姗姗的脚步，我听见一条河在我的心头流过。

我看见了一条小溪，但我看见的不仅是一条小溪，也是一个广阔到无穷尽的天地。在我不能用视觉去找寻它的踪迹时，我用心去描摹一切的形状。

诚如仓央嘉措之言："当你在我面前时，我的眼睛看见了你；当你离开我时，我的心看见了你。"

当我睁着眼时，我看见了一个世界；当我闭上眼时，我看见了自己。而我所找寻的，正是自己。

（原载于《红树林》杂志 2016 年第 3 期）

不负如来不负卿

 　　有一种修行叫红尘；有一种情叫默然、相爱，寂静、欢喜；
有一个天堂叫红宫；有一位尘世间的佛者叫仓央嘉措。

 　　他，在红尘的最深处修行。红尘悲苦，蓬莱寂寞。他拥有双
倍寂寥，双倍的情才。那转山转水转佛塔的尊者，终在中途遇到
了前世的前世的初见。

 　　初是唯一的，仅有的第一次。而仓央嘉措这修行极深的尊者，
却与世间有无数次初见。一次又一次生命的轮回，用那观世音手
中的圣水普度众生，唯独此世祝福了众生却成全不了自己。喝下
了孟婆汤，了断了红尘记挂，又走向下一次轮回。却偏偏被那月
老牵了红线，二十余载红线两头都已空空，唯留那牵着尘世的线，
岁月长久反更耀目、深邃，以致三百年后我与他的初见。

 　　前世的前世我或是他衣袍拂过的草木，而今生今世的我亲吻
着同一片他亲吻过的土地，嗅着弥漫胸腔的藏香，望着那长明灯，
涌着前世的无邪。在禅房花木深的地方，我与他相逢，灯影闪烁
间，见那一头黑发的阿旺与达瓦卓玛、塔坚乃一同飞奔。那时他

只是个俯首向宗本家道"扎西得勒"的贱民，只是被那高傲的强巴佛般的眸子俯视的孩子。回到眼前，我看见那一排排在毡上打坐的小僧人，满脸的稚气，不时低头讲个话，整整身形，小的不过五六岁，字也认不全，学了诵经，却双手合十，口中念念有词。光影重合，他们都在度过一生中最无忧无虑最天真的日子。

我手扶着墙，一路来到红宫的外沿，看见一群身穿藏袍的老人，盘腿坐在烈日下，手中恭敬地端着一个个盛着粮食的器具。有一个锥形的拱顶，老人们伸出满是皱纹的手抓起一把粮食放到那尖顶上，一遍一遍摩擦着，一粒粒粮食顺着坡面、映着灼目的光晕滑下，又落入一个铁制的盒中。那不断的"大珠小珠落玉盘"的声响充斥了整个殿堂，那铁制的拱顶经过日久不断的摩擦已油光滑亮，宛如镜面一般。我已忘了他们在向神佛祈求什么，但他们和磕长头的人们一样只为觐见活佛。那六世达赖在那叶落离别多的季节离开了家乡，来到了他生生世世所在的殿堂，救赎了世人，即使日夜诵经却再也找不回当年。静坐殿中，望着满屋的繁华，似是拾回前世的记忆，却越来越无助、寂寞，还好，他还能祝福宫外的人们。

他不似苏曼殊那般幸运。苏曼殊虽也是一代情僧，但他打坐于蒲团之上，只为远离纷乱、修身养性，随时可以离去。而他呢？连退路都没有。

我用手拭去架上的尘渍，一本本破旧泛黄的留言本，这里是当年仓央嘉措和仁增旺姆约会的酒馆——玛吉阿米。翻动一页页脱落的纸片，上面满是对他的怀念，笔墨不曾因岁月而晕染。坐在楼下，就着昏黄的灯光吃着酸奶蛋糕，当年这里或不是这般光景，风流倜傥的宕桑旺波在那昏黄的灯光下对酒当歌，遇见了仁增旺姆，许下了"若非死别，决不生离"的诺言。可他终要离开，回到那万世永存的红宫。我渐渐走远了，回望那金黄的房子，一如满头黑发的宕桑旺波又渐渐变回那穿着僧袍的佛堂中的仓央嘉措一般，离那小酒馆玛吉阿米越来越远。

站在青海湖旁望着青蓝的水面，明镜般映着点点油菜花的金黄和绿树，这儿并比不上羊卓雍措的窒息般的高洁与纯净，也比不上拉姆拉措的灵性与神秘。我却瞥见湖的一角映着那万念俱灰的仓央嘉措，提着袍襟蹚水走向湖中央，带着与仁增旺姆的离殇，带着与儿时玩伴宗本家的塔坚乃的死别，带着与达瓦卓玛的阴差阳错的失之交臂，还有一个活佛永生的无奈，一脸淡然任水没过头顶。然后他遇见了垂首侍立的塔坚乃，他们一起走，路过曼珠沙华绽放的彼岸，走过奈何桥，了断前世之缘，走向那忘川河畔的三生石，看见他那万世不变的轮回。再艳的花儿开不过叶芽生时，若他并非活佛，那注定要许下只愿来世不要成人的心愿，可惜在三生石上早已注定了他的孤独，世世走来，花开花谢，看尽浮华，两相成空。

普度了人生救了世人，可惜却走不出轮回劫。

有一种修行叫人生，有一种情怀叫不负如来不负卿，有一个天堂叫青海湖，有一位山下浪子叫宕桑旺波。

（原载于《红树林》杂志 2013 年第 10 期）

红尘如泥

　　红尘亦悲苦，蓬莱亦寂寞，但不论红尘或是蓬莱都总叫人流连驻足。尘做诗，禅做画，空余一世锦绣，却逃不脱人生。正如那愿做遗世红梅的女子所言：红尘如泥。

　　越是妄想挣脱就越是沦落。在多少个月如钩的深秋，多少情愁在那一池月色中泯灭。脱下青衣却复登戏台，虽抵不过曲终人散，却仍贪恋那如戏的人生。甘愿一醉不醒，窒息在那红尘的最深处。

　　苏曼殊就是一位甘愿沉沦红尘中的行者，他不似仓央嘉措般不悲不喜，也不若纳兰容若般哀叹一句"知君何事泪纵横"。他既怜天下也怜自己，一生徘徊在风尘与如来间。他与仓央嘉措同是向往不负如来不负卿的，最终却两者皆负。恨的不是相逢太晚而是缘散即分，多余不下一眼也容不下一滴泪，人走茶凉，空余满屋佛前的弥香。他们都是懦弱的，给予不起承诺却又贪恋怀抱，袈裟裹住双目却不可自拔地越陷越深。韶华易逝，岁月几经蹉跎，不过又是一地落花，又是一场花葬。

苏曼殊所负的红颜数不胜数，他既为僧却掩不住一席锦缎，他既处禅房却惦念着青衣戏词，他既无欲无求却又风流倜傥地欢歌。在佛前，连罪恶都化为慈悲，佛无怪于他，但世人呢？满地的落花呢？一钵又一钵的无情泪呢？就怪那红尘如泥吧，直叫他无法逃脱。

朝夕荏苒，琴瑟静好，西泠畔又是一场无端葬礼，而此次干枯的却是那葱茏的绿树，倾倒在那花海中只激起尘沙无数。

或许是徘徊多遭的疲惫，或许是几经流转的彷徨，他虽是蒲团上的慈悲之人，却度化不了世人也度化不了自己。看那繁花落尽，秋叶成泥，原来一世都只在一枯一荣间。在寺中躲得过繁华，躲得过世事，在僧袍下躲得过红颜，躲得过誓约。如今在满目皆空中却躲不过绝命的四个字：在劫难逃。

（原载于深圳外国语学校校刊《外苑》2013 年第 12 期）

切米拉康一隅

　　阳光，用它的无形之口吻着高大的屋檐、斑驳的树影，在小喇嘛的红袈裟上留下一个个跳跃的斑点。小喇嘛坐在檐角下，摆弄着衣角，眯起眼遥望天边那匆匆溜走的一片薄云。

　　不丹的切米拉康，没有紫禁城那样的气度恢宏，没有米兰大教堂那样的巧夺天工。可在打开那吱呀作响的红木门时，我却被如此景致惊得目瞪口呆。不高不矮的白墙，不肥不瘦的小径，不浓不淡的春色，不明不暗的阳光，不深不浅的纹饰……久久地立在那里，倚着木色斑驳的门框，良久无言。白墙里传来低低的梵唱，窗中泻出零碎雄浑的回响。满地的狗儿猫儿横躺着，在带着印度香的阳光中安心地睡着。没有人理睬它们，没有人呵斥赶走它们。在这里，没有流浪一说，因为神灵收养了它们的灵魂。这叫人怎么都不敢迈步，不敢发出一点点声响，怕搅碎了这儿的梦。

　　一位倚着大殿门框的小喇嘛回过头来，眯起眼，抿嘴一笑，向我们招了招手。阳光在他的手上留下一个金黄的印记。

　　缓缓地走进去，脚踩在土地上，可以看见在阳光中有细小的尘埃飞散。同行的不丹人弯腰抱起一只在大殿前酣睡的黑狗，口中念着我们听不懂的宗喀语，把狗举在面前，盯着狗圆圆的眼睛，嘴旁带着一丝充满敬意的笑。接着，他用鼻尖轻轻触碰狗的鼻尖。那狗不挣扎、不害怕，只是眨着圆圆的黑眼睛，望着这个和它平等的世界。那人轻轻地把狗放在地上，狗抖了抖尾巴，慢悠悠地趴下，把身子投入温暖阳光的怀抱。

一旁的锦布后传来喇嘛做晚课的声音。挑起帘子，在那昏暗的小室中，掩不住的是巨幅的壁画和那用一代又一代的信仰铸成的饰物。一道道棕黄的木板，微微向下凹陷。只有那结疤的地方，在岁月的踩踏中坚强地凸出。还有那十几个火红的身影，他们端坐着，手中握着法器，庄严地盯着膝头的经卷。那些经卷破旧不堪，边角残缺，被翻读的次数太多，泛着淡淡的油光。

寂静，持续得很久，可以听见窗外鸽子用小红嘴叩击地面的声响，还有当食物滑进腹中时从胸腔里发出的满足的低声咕噜。

一旁的一个喇嘛举起手中泛黄的雕花海螺，鼓起腮帮，海螺中传出了洪亮的涛声。于是，低沉雄厚的诵经声、法器的敲击声，屋角那个一人多长的喇叭的回响，把矮小屋檐下的每一个角落都装满庄严的虔诚，把黑暗挤出了房间。而在这样的洪亮声响中，我却听见了最久远的寂静，灵魂的安宁。整颗心都被这样的梵音充满，没有余地去思考外面的一切。这一刻，心只在这里。喇嘛们的眼中闪着纯净的光，映亮了他们深红的袈裟，点亮了窗边的铜灯，那光，争先恐后地奔向屋外，射向天地。

我站在角落，被震慑得不知所措。这儿与中国庙宇不同，中国那气若游丝的梵唱如一缕青烟在空旷的殿中徘徊，而这里却是在反复吟诵自己的灵魂。

当那只黑狗的鼻尖再次碰到当地人那高挺黝黑的鼻梁，狗伸出红色的舌头舔舔自己的鼻尖，那人脸缩成一个核桃，笑了。他恭敬地回首，望着在晚风中轻轻飘动的锦布，里面的那个世界仍在不知疲倦地吟唱。

路过一间点满酥油灯，用来超度亡灵的小屋，我走出了切米拉康。晚风吹散了阳光，温柔的夜像一张被子，盖在身上。而白天被佛光普照的猫儿狗儿，瞪着绿莹莹的眼睛，在最偏僻的小巷、泥泞干涸的鱼塘、塌颓的乱瓦中四处窜动。我停下匆匆的脚步，坐在墙角。月牙儿一点一点出现，我可以看见月光在它们身上的反射。它们从四面八方涌来。

四面八方。

送　别
——尼泊尔烧尸庙见闻

　　白色的尘烟中，夹杂着如雪的灰烬，是苦，是痛，是泪，是一世的漂泊无奈。一世的荣华都在晨风中飘散，从此了无牵挂，转瞬天涯。

　　信印度教的人是不惧死的。往生，是一件再好不过的事。所以在亲人身披菊花、静静地躺在青石板上等待脱离尘世烦恼时，他们也仅仅是站在边上小声地啼泣。没有声嘶力竭，歇斯底里。他们自然懂得与其在人间被吹打，不如归于永恒的平静，所以当亲人的灵魂在火焰中手舞足蹈时，他们只静静地站着，目送他走上天涯无归路。

　　巴格玛蒂河的河水静静地流，清复浊，浊复清。河畔的人去了来，来了去。有的来了再也不去，而去了的终会回来。

　　父亲躺在青石板上，儿子坐在石阶上。初春的阳光温暖地照耀大地，天空中飞过一群群的乌鸦（象征祥瑞）。猿猴在树上上蹿下跳，岸边的孩子追逐嬉闹，村妇在河边槌衣洗裤。生与死，只隔一江水。

儿子接过火把，绕着父亲转了三圈。烈焰从父亲口中涌出。儿子垂着手，盯着火焰，痴痴地站着。阳光照在寺庙的金顶上，留下一道道灼眼的金光。寺中熙熙攘攘的人群，在祷求神灵的垂青。

熊熊烈火吞噬了父亲的整个身体。儿子蹲在石阶上，剃着发，一缕缕烦恼丝落入水中，不见了踪影。他的肩耸动着。剃头的人扶住他的肩膀，沉默无语，他是见惯了的，谁都有这一天。水鸭信步走在河流的浅滩上，饶有兴致地啄食着。一只雄鸽子，耸着肩上的羽毛，咕咕地呜咽着，一抖一抖地求着爱。雌鸽子专心地啄着草，无动于衷，许久，拍翅飞走了。雄鸽子还是耸动着肩，无奈地望着天空。

儿子现在已换了一身重孝，抱着手，倚着门廊的柱子，淡淡地望着父亲。一群女眷，在一旁叽叽喳喳地流着泪。此刻没有人比他父亲更快乐，也没有人比他更孤独。长长的红色门廊，白色的石柱，熏得焦黑的棚廊。上面是凭栏远望、欢声嬉闹、身着鲜艳莎丽的尼泊尔胖姑娘。而下面，只有他。他漠然地望着，没有表情，没有啼泣。一动也不动，连眼也不眨，紧盯着那团火，仿佛生怕少看了一眼，看一眼就少一眼了。从此他单枪匹马，一个人披盔挂甲征战人世。他刚上路，而父亲已经收兵束甲，马放南山。对岸的山坡上，供奉着林迦。年轻男女祷求生子，双双在眉心郑重地点下一个红点，用额头轻触神像。

青石板只剩未烧尽的原木和一堆黑灰。儿子静静站着，看着父亲进入圣河，升天，快乐得痛彻心扉。再也不见了。他木讷地接过别人递来的桶去河中打水。水倒在灼热的青石板上，冒出缕缕青烟。他呆呆地看着，恍了神。良久，才缓慢蹒跚地走开，在上最后一级石阶时一个趔趄，踏入水中，水花四溅，惊得一旁的鸽子慌忙飞走。他缓缓低头俯视水面。水中有他的父亲，也有别人的父亲。他失魂落魄地踏上石阶，连桶也被孤零零地留在原地。家人忙上前替他打水。水洒在石板上嗞嗞地响着。他仿佛惊着似的急退几步，望着青烟出神。直到早等在一旁的人推了推他，才木然地接过一袋米，绕着石板一把把地洒着。只洒了几把，就索性把袋子一倒，成堆的米堆在青烟袅袅的青石板上。袋子随手扔在地上，被风吹起，塞窣地在一片白烟中隐没了。鸽子飞下来啄食，落在石板上，烫着了脚，疾迈几步，扑棱几下翅膀。没飞起来，落进了河里，惊得翻滚几圈，张着小红嘴惨叫着飞走了。

儿子浑然不觉，定定地盯着米堆，目不转睛，默然不语。他不曾流一滴泪，但我明白，恒河水就是他的泪。

此岸彼岸，两重世界。黄昏已至，苦行僧们纷纷隐入黑暗。几张空空的青石板散着白天的余热。黑暗中人声依旧，虽然这分明叫人寂寞无语。生与死，在印度教中都是平凡的事，但人的心中总是要痛的。孤独的人独自饮泣，别人照旧鼓乐升平。

鸽子归了巢，咕咕叫着。一弯冷月轻吻着那缓缓涌入恒河的焦灼的灵魂。

慎读岁月
——读《桃花扇》有感

　　窃钩者诛，窃国者王。朝朝王侯，他们像是撼不动、推不倒的大山，他们完美无缺，并将永存。但怕什么，山终究要没入云海。

　　"世代王侯，有的身败，有的名裂，有的身败名裂。"

　　桃花扇，桃花扇，一腔热血，满心悲凉。说什么"玉环飞燕皆尘土"，说什么"乱山平野烟光薄"，说什么"朝来寒雨晚来风"，都不过是"眼看他起朱楼，眼看他宴宾客，眼看他楼塌了"。这不是一个人的绝望，而是整个国家的挣扎。

　　明代小朝廷重蹈了千百年来历史的覆辙。崇祯把忠将袁崇焕一刀一刀地杀死，殊不知，他的大明江山，也正随之一点一点地消逝，一点一点地支离破碎。荒诞的皇帝，亲手杀死了唯一能够让后金有所忌惮的人，却对早就卖了主、得了荣的洪承畴赞不绝口。夏完淳临死前口口声声对着披了清朝官服的洪承畴说，他最敬仰的英雄就是为国而死的洪承畴，莫大的讽刺！

　　哪里还有国啊，早在朱瞻基玩他的蛐蛐，朱由孝做他的木匠，朱翊钧抄他老师张居正家的时候，就该知道，国要亡了。皇帝们费尽心思炼丹以求长寿，却让岁月从手上滑过，春光熬成了秋凉，不能让他那风雨飘摇的小朝廷，多苟延残喘一朝一夕。

桃花扇，桃花扇，绝世美艳，千古惆怅。桃花扇上的血泪不仅是明王朝的，更是秦淮名妓李香君的。

一如所有红颜一样，"身世浮沉雨打萍"，薄命是她的代名词。从来女子无才便是德，愈压迫，愈顺从，便是好的；反之便是像安乐公主一样，临死了，爱美的她才来得及画一道眉。当李香君的鲜血洒在扇子上，形成桃花的形状，她一定早是心字已成灰。在这样的一个时代，把人们风花雪月的生活变成了步履维艰的生存。"秋来叶上无穷雨，白了人头是此声。"又是一年的春风秋雨，又一年柳绿枫红，眼看着时光一日日地催人老，想要留下，却什么也留不下，唯有在绝美的桃花扇被撕毁和与旧日的情人修道山中时，她的灵魂才终于在岁月的鞭打下抬起了头。

不由得回想起了仓央嘉措的诗："曾虑多情损梵行，入山又恐别倾城。世间安得双全法，不负如来不负卿。"但我想他在最后的痛苦时光中——被拉藏汗逼迫，被乾隆帝怀疑——他的所有愿望一定就是入山归隐，哪还牵什么红颜，挂什么富贵？让自己游刃有余、安然地活在岁月中才是最好的回报。还以为一生戎马，一世征杀，能醉享荣华，执手红花。而终是杯酒淡茶，一袭轻纱，渔樵闲活，拂去一世尘沙。

慎读岁月吧，不要不小心就把岁月过得面目全非，"都将古今无穷事，放在愁边，放在愁边，却自移家向酒泉。"若将苦涩的酒咽下后却有着余韵悠长的回甘，这样便不辜负岁月。

桃花扇，壮烈地来，干净地去。家国皆无，岁月把该带来的慷慨地带来，该带走的带走得一丝不留。于天地，是无穷的；于众人，苍茫的天地间什么都留不下。

真干净。

（原载于《智慧少年》2017年第1期）

读李东梅《过客》有感

　　李冬梅《过客》所讲的是一个游客拜访一位智者，看见智者的房中陈设简单，几乎没有家具，问智者何故，智者答："何需身外之物。"

　　有比一生更短暂的吗？我们需要什么？又能留下什么？还能带走什么？每一次驻足都只是等待缘的又一次转变，没有永恒也没有终点，不过又做一次过客，又路过一次青山绿水，最终独自离开，什么都没有为一个过客而改变。

　　那是否只得悲苦、凄惨地过完一生？既然只是路过，一切是否只要得过且过就可以了？我想大约不是。正如禅语说心即是世界，心之所向就是眼见的一切。心宽，世界就辽阔而广远。心中是满足而安乐的，即便居于陋室，孤独、朴素，也会像富足的人一般满足与温暖。正如扎西拉姆·多多所言："当我们看见山时，我们在山之外；当我们看见河时，我们在河之外；而当我们能看见自己的痛苦时，痛苦已不是我们的了。"当我们见到清苦与艰辛时，我们已置身其外了。过客或许也是一种超脱。

不论我们是以何种身份活着，欲望永远像烈火般熊熊燃烧曾经洁白而无邪的心灵。

史铁生曾说："此岸注定是残缺的，否则彼岸便会崩塌。"正是有了追求，我们才活着，或许只是平淡，或许是纸醉金迷的一生。哪怕我们自知只拥有短暂的一生，也不甘心像鸟儿一样不留痕迹地度过一生。这个世界是有欲望的人建造的，可他们也无法阻止自己在某一站下车就再也回不来了。古代君王踏遍深山老林想长生不老，可惜传说中的不切实际只会叫他们沉沦。还是当个风轻云淡的过客吧。

过客就是望着眼前匆匆的人影，不求一物，飘然离去，也不会悲伤，反正世界什么都未失去，只是尘灰又多添一粒。

读几米《布瓜的世界》有感

　　书中是一个个面对世界的不解与疑惑。书中一篇写道："为什么全景里的我不是真的？水里的我是假的吗？在另一个时空里，我是不是也会变成倒影，变成不是真的。"我们可能会认为自己可以主宰自己，实际上却从赢不了命运。我们都有一个随行的影子，而我们又是谁的如影随形？是不是我的一言一行都不过是在模仿另一个时空的自己？是不是一颦一笑都是毫无意识地学着"真"的我？

　　命运好像玩笑般一次次把真变了假，又把虚化为实。不论我们是真是假，抵不过宿命也抵不过时光，熬不过五更天也忆不回前世情。我们都是另一个时空中自己的影子，每日只待手被细线抬起，被牵着迈出小步，却又嘲笑着模仿我们的人。

　　我还记得一句话的大意：我常在夜里看着镜子，怀疑我到底是真实的自己，还是只是另一个人的幻影。"一世又一世我们有时作幻影有时却作被模仿的人。下一世我又将被摆布在哪里？"

读扎西拉姆·多多《内观则自知》有感

"自观则自知，自知则自明，自明则不争讼，安之若素，如如不动。"

愿平淡过完一生，与世无争做个山野樵夫，日出而作日落而息。任窗外马踏飞燕，唯一潭清泉日月可鉴，无波无澜。愿无香无艳，作朵海棠，虽娇柔，却争不过百花齐放，也敌不过腊月寒冬。瓣散几度，化为尘泥，又是一次轮回劫，不悲不喜，不离不弃，不来不去，守一片土地，吟一首前世的颂歌。

扎西拉姆·多多，不曾乞求过尘世的名利，一首《班扎古鲁白玛的沉默》却归名于仓央嘉措，一如诗中的淡漠，唯有一句："即使如此，多多愿意，将荣耀归于仓央嘉措。"莲花生大师如是，看破一切的情郎如是，黯然相爱，寂静欢喜的无谓，聚即缘起，散即缘灭，如潮起潮落，争也无用，争不过命运也抢不过流年。

世间万物便是小憩一顿就已江山易主，红颜老去。如如不动，则又是风轻云淡的一世，简单到只有山野为伴，竹杖芒鞋作一生的依附，安之若素。

出　发

　　总是怕那离别，一夜间摇落了一地的花；怕月亮沉在海中便再也不起来；怕这一秒还在身旁，下一秒已是天涯。三毛的书仿佛多得读不尽，可我读了一半就一字也不敢往下读，读完了她的书该多寂寞啊，再也不能跑出来一个三毛写书给我读了，我的生活该多无趣。家中那么多百十年前作家的书却不落目，世界上就一个莫泊桑，一个仓央嘉措，他们讲完了故事，我们就要离别，一本仓央嘉措的诗集在书架上积满了灰也不曾翻动。

　　好像惧怕相遇似的，无法理解作者的淡看离殇，也无法笑看今世离别。相见未曾恨晚，只恨太早，为什么不能晚些遇见，晚些离别。

　　花开花落，潮退潮起，离别不过又是出发，又是遇见。

　　时日久了，却有一种惶惶不可终日的空寂感，那些不敢再读的书，仿佛唤着我修来一场酣畅淋漓的相逢，不必多想地看一次花开，不必担心可否有枯枝落下，是否明年就是花葬。

　　缘就是注定了的一言一行，一颦一笑，都是命运布好的局，我们无法改变什么。读完了最后一首仓央嘉措的诗，放下了诗集，发起了呆。一次三百年间的遇见，惋惜再无法多读任何一首他的诗。本以为会怅然若失，临了却是无悔的欣慰，原来读透了他们的心灵与思想，他们便从遇见变成了旧友一般熟识，一旦相知就不谈离别，因为已住在了心中，旧友离开也不必悲伤。江山都易消，缘起缘灭也不足为奇，遇见了，获得了情谊还有什么缺憾，即使这一秒仍欢笑下一秒就是天涯。不遇见就连片刻的缘都未尽，比离别更悲苦更寂寥。

又是一场千百年间的相逢，又是一场不落幕的演出。相逢不必惧离别。心在一起，用超脱尘世的方法相遇，即使一剧剧终，灵魂永远不能平静。

看尽了纸间就又见心头，走向了缘尽，就去寻缘起。每一次的告别就是又一次出发，去远方，去远方。看尽世事无悔地辞了今生，又垂首静待来世，待再次修来的情愫。

（原载于《东方少年》杂志 2014 年第 11 期）

客从何处来

　　并不是立意要错过，只是回首遥望，发现四围山色中，空余一鞭残照，挂在天边，缓缓滴落。

　　我喜欢孙悟空，因为他的干净，赤条条地从石头中来，西行一遭最终也赤条条地去，真好。无牵无绊，无记无挂，无拘无束。

　　穿窗月底，落叶风中，还是纵情享乐罢，管他当年夕阳是否仍照在萧瑟的落日楼头。"客从何处来？"你双鬓斑白，他天真无邪。回乡，不回乡，又怎样？当年轻易的一杯桃李春风酒，化作了半世的江湖夜雨灯。既然挥手道别就不要再说怀恋，乡音既已改，怎还道是旧乡人。玉堂金马擦肩而过，辰勾也曾高悬头顶，只不过做了半世的失意人，竟说起还乡的事来。

　　我绝不对寻根有半点否认，我只想活好现在，赤条条来去无牵挂，顺也好，逆也罢，"春至苔为叶，冬来雪是花。"香草终要投汨罗江，九华菊也归隐山林，梅妻鹤子也要化作空空墓穴中的一方端砚、一根玉簪。管什么世事变迁，管什么岁月旧年，活好如今，够了。

客从何处来，这是我读过的最冷的一句话。比起"夕阳西下，断肠人在天涯"的泪如倾，比起"君不见高堂明镜悲白发，朝如青丝暮成雪"的落叶般凄苦的无奈，它是一阵狂风，将落叶连同希望一同一扫而净。这一刻，没有悲，没有泪，甚至没有叹息，只是不忍卒读，只想匆匆掩卷。只是，是的，只是如此而已。

本想的三冬暖，却偏迎来了六月寒。

"谁家秋院无风入？何处秋窗无雨声？"还是好好地活着吧！能活好当下已是感激得涕泗横流了。

读孔孚《春日远眺佛慧山》有感

　　此诗如此之简洁，只有寥寥四字——"佛头，青了。"未有一字言春，却见那春日草木疯长鹅黄嫩绿的样子。佛头即山头，"世间有菩提，明月映禅心。"佛即世间万象的体现，而并不是高高在上、不可触及的虚无缥缈。万物皆佛，一颦一笑间都有佛意。这冬去春来、生灵复苏的时节怎会少了佛呢？

　　有人说，佛无灵。佛怎会无灵？当年在菩提树下悟透了人生的佛祖注定与那自然结缘。朝阳晨露是佛之灵，大漠扬沙是佛之灵，山间那打破厚重雪被的点点绿意，亦是佛之灵。

　　佛头，青了。山间，绿了。春天，来了。

云在青天水在瓶
——读《六祖坛经》有感

　　万物最自然、最本质的样子便为佛性。每一朵花都是恰到好处地绽放，草木或荣或枯都是最美的模样。当不再挂记佛时，便成了佛。

　　六祖慧能之言仿佛不是崇高的佛法，只是平常的生活，但又是不可触及的遥远。佛中的空便如慧能所言："菩提本无树，明镜亦非台。本来无一物，何处惹尘埃。"但若一味求空，便如顽石一般了。若是心中真的空空荡荡、别无一物，又怎会有空的念头呢？

　　正如扎西拉姆·多多曾与某个禅师的对话，他们看见得道的人可以预知自己的死亡，躺在席上不吃不喝等待。她问："如果死亡不来呢？"禅师答："死亡怎么会不来呢？"死亡是一定会来的，就像吃饭睡觉一般寻常，像云就在青天畅游、水就在瓶中的样子。

　　禅就是顺其自然。

　　工作学习度过一日是充足，吃饭睡觉度过一日也不空虚，这就是生活本来的样子。不论因果如何，当下才是最值得在意的。雪花或许落下后就化作泥污间的水珠，在从天上飘下的时候，雪花的美丽是不容忽视的，那雪化的泥水同样也是美的。

　　生活中不分美丑，换一个角度，换一种思维，也是另一种美好。大雪一片片，每一片在屋檐、在墙根、在湖中、在草上都是恰到好处。心宽无处不桃源，哪里都是天赐的胜景。

　　云在青天水在瓶，天地万物本来如此，都是各得其所、悠游自在，过多的挂记反成了桎梏。世间皆佛，见性成佛，何必一味追寻那些不可及的呢？

心　意

　　古时与现代的器具，多以工匠的笔法来鉴别。古时不论祭器或是供品，多有如今无法描摹的笔韵。现在庙中的壁画或佛像，多是添着几许凶恶，少了几分平和的面色，神态呆滞，姿态僵硬，都不过是普通的石头和随意的画而已，即使保存得很好也未见丝毫生气。而我在莫高窟所见之画，虽然已经有大片脱落了，甚至有的墙壁已被熏黑，釉色业已退去，但是仍遮拦不住那流光溢彩。那仿佛丝带仍在轻飘的飞天图，丹青已经淡没，却无法磨灭本有的意蕴。

　　古时的工匠信佛，作画时心中有信仰、有敬畏，画则是灵动的，画中带着禅心，每画下一个莲台或一片薄云，都是工匠深入虚幻之境的又一个叩首，又一次虔诚的觐见。

　　像那大昭寺中的传说，当年一位老画工在千佛廊作画时，身旁竟有天神法相映现。他一边念吉祥天母咒，一边作画。但他所念的咒子是错的。游大昭寺的活佛仓央嘉措见了，便纠正了他，念道："救喇母，救喇母，救救喇母。"于是画工一心惦着咒子，吉祥天母却消失了。原来是画工心中有天母，即便是念错咒子也功德殊胜，而满心在乎咒子的对错，心中没了佛，即使诵上百遍经，转上千回经筒，也得不到赐福。

　　诚至则佛归，是信仰、传承与历练成就了艺术，心意至处神韵自然也至。丹青褪去，心意存世间。

请为先生开一盏灯

先生终是离去了，而我以为他只是缺席我们的时光，他并没有死去，他仍需要一盏灯，他仍要"看来看去的看一下"。是他对生活深厚的爱，让他呼喊，让他彷徨。如今我们仍有为如先生之人点一盏灯的机会。来吧，烧尽可燃之物，哪怕灯尽油枯，哪怕不比星光。

请为先生开一盏灯

　　当我们在一片万籁俱静中听见自己心心念念的声音，我们是否会惊觉我们对于生命的本身已渐行渐远？即便是铁骨铮铮的鲁迅先生，他也需要有人为他打开一盏让他重回自我、返璞归真的灯。而试问世间，曾有谁人将这盏灯开启？

　　穿窗瘦月底、落叶寒风中，向来是少有心存鸿鹄之志、一路慷慨高歌的志士的身影。他们的心中唯有"致君尧舜上，再使风俗淳"这样的高瞻远瞩。

　　心怀壮志没有错，可是我又怎能忘却，当力拔山兮气盖世的项羽走向穷途末路之时，不是为了江山社稷而悲，却是涕泪长流地问道："虞兮虞兮奈若何？"这不是妇人之仁，而是楚霸王心中真正人性的牵挂，挚情至此，不减雄豪。更不可忘却的是《薄伽梵歌》中的印度章西女皇，当峥嵘一生满心壮志的她从马上中箭跌落、生命灯尽油枯之时，她却注视着莽莽青山，笑语："你们看，那晚霞真美！"没有了百万雄师阵前的嘶吼来将她羁绊，她回归的竟是一个女子的柔情。而最让人心生悲凉而慨叹的是，当毛泽东度过他生命中最后的一个除夕时，身边的工作人员小心翼翼、生怕打扰了病榻上的他，他却说："过年啦！你们去放挂鞭炮热闹热闹吧。"即便是心中充满宏韬伟略的伟人也终在寒冬中渴望最最微小的温暖。

一语至此，我却已是如鲠在喉，不知所言了。人们甘之如饴、感慨系之的宏图大志终是化作心底一个纤细，甚至不曾体会，甚至耻于言语的微小感怀。曾经的刚毅与一路的壮歌终敌不过柔肠百转的星点微光。我认为鲁迅先生的可敬可畏大约也是在此了。他不仅是一位横眉冷目的斗士，他也需要一盏明灯来照见自己的内心。为先生开一盏灯吧，为千千万万如先生一般苦劳辛的人们开一盏灯吧。在我们所谓的一往直前时，我们内观而自知的温暖在最细微处，而正是在这小处藏着的星光引着我们在一生微茫中蹒跚行走。

人活一世，为国为家，却常常忘怀了自己生命的本性，以为这是生命的"枝叶"。中国的传统中是不讲"我"的，人性总是被万丈光芒的"大局"所笼罩。试问大明的脊梁张居正，他为了万历的新政精疲力竭，却不为世人理解，以为他沽名钓誉，难道他不愤懑、不孤苦吗？当他在父亲的灵堂前，面对质疑他的子弟下属，歇斯底里地呼喊要让他们杀掉自己时，难道他不明白他那漂泊太久的灵魂早已成伤？他真正的终点并不是扭转大明的倾颓之势，而是反观自我，与自己和解，在细小之处重还自己以人性啊。当今的人们不也是如此吗？为了生活，辛苦奔波，芟夷所谓的"枝叶"，却终两手空空，人们所谓的"精华"终也不过如水长东。正如那个告诉迷惘的金岳霖"你是金博士"的车夫一般，应该有人告诉我们，我们到底是谁。我们需要听一听群山肆意而低沉的回响，看一看飞鸟衔着心声翱翔，反观自心，才有前行的力量。

那曾被人热议、如今一闪而过的余秀华曾道出世人的缺憾："我不想被称为脑瘫诗人或是农民诗人，我只想被介绍为诗人余秀华。"的确，人们是不是太关注所谓"标签"而忽视了人性的呼号？是不是物质、财富与前途让人们忘记了真正宝贵的"不值一提"的情谊？是不是唯有可歌可泣才是有价值的一生？不是的，绝不是的。这不过使我们迷惘，而不知道前路何方。

这一盏在中国关闭了千年的灯，凭一己之力是打不开的，那些好高骛远的斗士们也是打不开的。心中的悲凉，往往在口中化为沉默。那些对于王安石变法的失败哀其不幸、痛心疾首的人们不要将罪责统统归诸封建体制，在青苗法的光鲜外表下难道没有百姓被逼强贷的悲声吗？民生不也是被践踏在脚下吗？我们奉为程朱理学的开山鼻祖程颐所言"饿死事小，失节事大"，不正是对人性的轻视吗？封建社会的所谓道德，所谓的歌舞升平，在一座座贞节牌坊竖立之时即已倒下。

若是如柏杨之言，三千年的封建礼教已将我们沉在酱缸的深处，那也未免过于悲观了。

为了世人，我们应开一盏灯，哪怕青灯如豆。那些空村中的留守儿童与空巢老人，他们可以依靠城市中的亲人汇来的冰冷的钱生存，而谁又能教会他们生活？有谁知那最贫穷却也最幸福的国家不丹，国王骄傲地宣布，他所追求的不是经济，而是青山绿水，民乐安康？其言甚好，效之则难。当我们的社会是急功近利的，我们也注定将在这股洪流中渐渐忘却自己的本心。当我们的生活走向各种指标评价的"富"与"强"，我们的灵魂，那些生命中最质朴的声音、微不可察的呐喊，又将何处安放？

先生终是离去了，而我以为他只是缺席我们的时光，他并没有死去，他仍需要一盏灯，他仍要"看来看去的看一下"。是他对生活深厚的爱，让他呼喊，让他彷徨。如今我们仍有为如先生之人点一盏灯的机会。来吧，烧尽可燃之物，哪怕灯尽油枯，哪怕不比星光。

不要忘却，当我们于生活愈行愈快时，于自己、于本真却是愈行愈远了。试问，无源之水，如何流淌？无根之木，如何生长？无本之人，如何远行、志在四方？

（原载于《红树林》杂志 2016 年第 4 期）

请
为
先
生
开
一
盏
灯

千古伤心人

　　杨柳岸，晓风残月。月色似雪，一泻万丈，一如年年的薄凉，竟是洒进那雕栏红窗，洒在那红泪偷垂的不眠人身上。

　　初读纳兰词就只道是哀愁。不论是他的"我是人间惆怅客，知君何事泪纵横"，还是"等闲变却故人心，却道故人心易变"的苍凉，便总以为这个"多情自古原多病"的词人，浑身都是浓浓的哀愁。闲坐悲君亦自悲，每每读着纳兰的千古伤心句便是不免悲伤，同时也惊叹于他的文采。

　　接触纳兰的词，最动人处除了才还有他的情。

　　与妻、与友、与知己的情，对纳兰而言都是十分深重的。他的词常是祭奠亡妻的。他总是凭栏望月回忆那个既是妻又是知己的女子，为了她，他度过了多少个"凄凄切切，惨淡黄花节"。而他对友情同样是真诚的，他不顾乌衣门第、相门公子的身份，结交落魄的汉族词人顾梁汾，面对别人的非议，只是"冷笑置之而已"。正是他对朋友死心塌地的信任，不热衷名利、身份的性格才在他的词中得到淋漓尽致的体现，叫人深深为之惊叹。

纳兰绝不仅仅是个多愁善感的书生，若不是因他英年早逝，他的宏图或许不会逊色于他的父亲明珠。从"一生一代一双人，争教两处销魂"和"独自立瑶阶，透寒金缕鞋"中，可以看出他也是个常在边疆、大山腹地奔波的人。他是御前侍卫，仕途无限风光，而他却丝毫不关心名利，只希望闲云野鹤一双人。望花开花落、云卷云舒，而不是一再强说欢期。越接触纳兰词便越为纳兰的淡泊名利、心无旁骛所感动。

纳兰，千古伤心词人，而他更美好的品质便是真，情真意切，叫人越是接近他便越是感动。

一滴水化不开一屋浓郁的秋愁。月色入户，无限接近那空空守望的人，月光似漆地染着那人面颊的泪。长衫又湿一痕，为何又落泪了呢？还以为早已流干了。

解语花

　　海棠向来是有艳无香的，开在四五月，远离霜寒，也远离酷暑，就在那一如它性情一样淡薄的时节开放。

　　家中早有一盆海棠，当初只是因为清代张潮的一段话"美人之胜于花者，解语也；花之胜于美人者，生香也。二者不可得兼，舍生香而取解语者也"，而海棠又名解语花，所以就栽了一株在家中。无奈它的花期短，回家放了不多时就凋零了，枝杈上秃了近一年。

　　今天去阳台上不经意间瞅见一片棕黑色的枝杈之间有一朵红红的、小小的花苞，我以为看错了，就眨了眨眼，那红色的花骨朵儿竟仍在，但现已是十月，天已经稍凉，而如此柔弱的海棠怎能生长呢？只见它在风中微微地颤动着似乎要落下，枝上的树叶也仅有零零落落的几片，且大多是半黄不黄的，这真叫我既惊叹也震动于这不合时宜的绽放。

　　历来文人一般都爱花，但文人墨客爱的从不是花的美，而是花的精魂，花的高洁。比如牡丹，虽美得倾国倾城，但文人大多以它为俗，而莲花，无香无艳，又长于泥泞的池塘却备受喜爱，甚至受到六郎像莲花、莲花像六郎的"赞誉"。莲花六郎如今是极悲惨地死去了，而莲花倒是一直以淡然之姿长存世间。

被张爱玲列入"三恨"的海棠虽然无香，但总像一个谦谦君子，百花争艳时它静静地开放，不招来蝴蝶为它作嫁衣，只是像一个沉默的旁观者看着春意枝头闹，独自寂寞，独自萧瑟。在春末百花都枯萎、发着岁月的焦黄时，它又以生命中最坚定的决心跳过枯蔫，直接以一如既往的艳丽从枝头落下，直接奔向死亡。这哪里是花，这分明是人，不愿与世俗争艳，也不愿与时光拼搏，只希望永葆自己淡然、朴实的秉性——怪不得它叫解语花。

海棠既美也愁。美于它的无声，也悲于它的无声，短暂的花期总是那样默无声息地度过。宋代的朱淑真曾写下："午窗睡起莺声巧，何处唤春愁？绿杨影里，海棠亭畔，红杏梢头。"愁竟是深深藏在这一片乐景中了。朱淑真的一生可谓是像极了海棠的，她本是个多情的女子，却被嫁与一个市井男子，一个是淡然的海棠，一个是道旁的小草，她怎可能快乐？她死后，与诗册《断肠集》一齐焚化，被洒入钱塘江中，一生赤条条来去无牵挂。海棠也是这样，一生只求静，一生归于净，但它那仿佛看破红尘的背面该有多少的无奈与悲凉。

花，不语。但它分明说出了比语言更多的东西。海棠，不随流俗，便必定要遭受常人没有的苦痛。望着阳台上形单影只的海棠，既然它连香艳都不愿有，那在秋日开放又算什么呢？让它开去吧。

一响即散

　　能使妖魔胆尽摧，身如束帛气如雷。

　　一声震得人方恐，回首相看已化灰。

——元春

　　那些繁华的火树银花背后，有谁知道烟花散尽的悲哀？来时壮烈，去时却如风流云散。烟火，它为谁而喜，而谁又为它而悲。

　　曲唱得再婉转，终敌不过曲终人散。

　　"风水轻，蘋花渐老，月露冷，梧叶飘黄，遣情伤，故人何在，烟水茫茫。"繁花似锦，满园春色中有谁能看见藏在一株稗子心中的惆怅？稗子静静地嘲笑着这个春天，那些"手如柔荑，肤如凝脂，领如蝤蛴，口如瓠犀"般浓妆艳色的女子不知一缕秋风轻易就能教美人迟暮——更别说一场伴着残蝉哀鸣的秋雨，便足够让她们的青春美貌同红枫一起打落在地，转瞬成泥。

　　时光，对谁都是如此公平。美人自刎乌江岸，战火曾烧赤壁川，将军空老玉门关。辉煌是短暂的，唯有寂静才是永恒的。即使像贾家这样的大族，最终也只能像元春出的灯谜那样——一响即散。烟火起码有一股可以在风中飘散的烟尘，而偌大一个贾府却落个干干净净。

其实"散"是没什么可悲伤的，万物来世上没有不散的，让人心碎的是这"响"。"寥落古行宫，宫花寂寞红，白头宫女在，闲坐说玄宗。"这真可谓触目惊心。昔日愈春风得意，画栋雕梁，在眼前这壁断垣残、蓬蒿疯长、鸡鼠穿堂的屋室中便愈是惊恐万分。是惊恐，不是悲伤。因为如此情景容不下那文人墨客温柔的悲伤，而是撕心裂肺的苦痛、张皇无措的惊慌。换了谁能安常如故？那曾吟咏"琵琶弦上说相思，当时明月在，曾照彩云归"的晏几道，家道中落，相门公子终郁郁寡欢。一梦醒来，换了人间。他的彩云已经散去，他却仍在琵琶弦上弹奏旧日的恩情。相思如雨，却不再当初。回不去了，痛的不是如今的穷愁潦倒，而是回不去当初高堂明镜、不惜银床在井头的日子。

不知贾府中的金枝玉叶可曾后悔，若是当初没繁华，只有一生的平静，似水如云。自己活在平静的屋角下，不悲不喜，不离不弃，平静地把一生绣在朴素的棉麻布上，平淡，安然，便是岁月最好的恩赐。

为红楼大梦中不醒的人们许下一个愿望：唯愿来世，不再相见。

林花谢了春红，太匆匆

　　"乌衣门第，雕梁画栋，不惜银床在井头。"如此的惊鸿一见，便改变了整个命运，不知那绛珠仙草百年之后是喜是愁。

　　黛玉，这样一个解语者，言辞敏捷，才情万千，又兼有生香者的娇柔。若生活在故乡便也是个亭中赏景、牖中窥月、种松邀风、植苔迎雨的温婉女子，或是在一个烟雨迷蒙的清晨，以一个不谙世事的少女之态，独自立在一叶舟头，饮一杯清茶，研一碗青砂，万籁俱静，唯有青山秀水和她共存，不悲不喜，不恼不泣，直到一鞭残照卷起了四周山色的画卷。也许这不是金枝玉叶的生活，却是无愧、不忧、平静。

　　而她，却去了贾府，这一去，便把他乡认故乡，覆水难收，再难回首了。

　　去了贾府的黛玉，才开始了她林妹妹的一生。日边之云，谓之霞，挂岩之泉，谓之瀑，物是以其所依者为名的。黛玉，在那入贾府的片刻惊鸿之后，便注定要成为一个见花垂泪、望月悲怀的人。她在贾府，短暂的一生，或哭或闹，或痴或恼，寄人篱下，难有一日是快活的。"一年三百六十日，风刀霜剑严相逼。"虽有宝玉，那终不过是虚妄，一个可触的幻象，一个失之交臂的依靠。当宝玉和宝钗成婚时，黛玉却一滴泪也没有了。她的泪已流干，她该笑笑吧。沉了一世的嘴角，蹙了一生的眉梢，终于舒展开来，此生也便要解脱了，多好。

她会不会后悔？若是当初不曾进贾府，不曾见那宝玉，不做什么林妹妹，不享什么荣华，不说什么富贵，哪怕在家乡做一个浣纱女，白日当垆卖酒，夜里粗布棉裙，天为被、地为床，安然入睡，做一个有山水田园、仙客野樵的大梦，就不会孤独凄清，绝望徘徊，彻夜难眠。

也许，她便是跟了那癞头和尚，皈依佛门，青灯古佛是她的屏障，庙宇画廊是她的舞场，终日冥想静思，把一生的苦劳辛化作细水长流，参悟万事原有命，不再哀叹人生、唏嘘世事，这样的宁静就是再好不过的了。

这样一个冰清玉洁的姑娘，偏生在泥水污塘。若一切重来，她能否放下旧债，回归幼时故乡？

可惜，每一朵花，只能开一次。

没有重来。

天凉好个秋

瓷器，是最为内敛的。尤其那宋朝的素瓷，浑然天成的流釉谱写着时代的气韵与悲欢，厚重的釉彩抒写了千年的积淀。而那一枝独秀的哥窑却似是一个扯着破锣般嗓子高唱的破落户，于枯朽中昂首，于残缺中远行。

大漠孤烟，平沙落雁，一个彷徨的背影。他似是在高唱激昂之歌，而旁人却心知肚明，没有什么比"讴一曲哀江南，放悲声唱到老"更好的脚注，这是生而注定的落寞。

"君恩重，且教种芙蓉。"这是南宋小朝廷给辛弃疾的恩德。这个有一腔热血的赤子，壮志满怀，却如一只孤独的鸿雁在半壁江山上盘旋。他的哀鸣，遗落在天地间，化作山水文章，却不能为风雨飘摇的山河多添一砖一瓦。"文章憎命达，魑魅喜人过。"他的文章确乎如百炼的青铜，而他，这个年少不识愁滋味的狂生却早已哀毁骨立。

早年满怀希望的辛弃疾还痴痴地幻想着，他这颗被遗落的棋子会被朝廷的大手执起，掷地有声，征战疆场。但他忘了孝宗那白皙的纤纤细手早已无力地垂下了。大宋，只有赵佶那瘦金体般的气韵，病态的俊峭，枯蔫的抖擞。大宋的山河如哥窑一般处在审美的巅峰——病态，是真实的支离破碎，像极了哥窑的"金丝铁线"。"铁线"般的破裂早在开窑时就注定，而"金丝"的缝隙却在一天天地漫延，遍布大地。可那时他还吟哦："君莫舞，君不见，玉环飞燕皆尘土。闲愁最苦，休去倚危楼，斜阳正在，烟柳断肠处。"那时他还抱怨，他还有一丝希望，但他知道，离破碎不远了。

不知从何时起，他不再说愁。他要酒，乱世之酒。酒灌醉他的身体，可用什么来灌醉他的灵魂？他"举手推松曰去"，松不会去，可他的国家，他那赖以生存、引以为傲、用尽一生想去守护的国家，不用推便会离去，连背影都不愿给他留下。"醉里且贪欢笑，要愁哪得功夫。近来始觉古人书，信着全无是处。"辛弃疾，这样一个忧国忧民的壮士，已经在欢笑中愁到了极点。国难家仇到了极致，便不再有悲，只能无言以对地笑。他太在乎这个卑微的小朝廷。

烛火快要熄灭了，剧烈地摇曳着。他还执迷不悟、毫无意义地等待着，烛火却等不及了，摇摆几下，熄灭，一股白烟绕着梁，翻卷，旋转，随后也就依依不舍地消失了，连声音都没有。破碎的瓷片凌乱地散落一地，这一次，你我不分，那些春风得意的魂灵也要来受这苦熬。

黑暗中，除了孤独，还有一个走向命中注定的终结的瓷瓶，一颗碎裂的心。也许他早已分不清，到底他是死于反复打磨他的绝望，还是他早在出窑的那一刻，当那铁线爬满他的全身时，他的灵魂，他的万古抱负，就已死了。幸亏那颗心不再坚持跳动了，它那热血沸腾的模样已经厌烦了这个懦弱的王朝太久了。

安静了。连翻卷着的云都紧闭着嘴，不叫悲声大放。

两种人生

青灯细雨，冷月疏窗，他们对坐下棋。

他狂饮着乱世之酒。

他则细品着盛世之茶。

阶前雨打花落的回响逐渐细碎，巷尾隔着月光的犬吠逐渐远去，只有他们落子的叩叩声，时断时续，弥漫天地。

他，执黑子。他用食指与中指夹着棋，手微微颤抖。他披头散发，面色苍白。他想拂琴畅饮，想吟啸山林，想把他的音乐传出竹林，但他不能。正始之音已然过去，他有口却不能歌唱，有手却不能拂琴。他愤愤地想着，面对着空空的棋盘不知所措，棋盘上那显眼的 361 个交点没有一个是他的栖身之所。身后传来阮籍与刘伶口齿不清的笑骂："来吧！嵇康，喝杯酒，忘记一切。"他却轻轻摇头。他们在米酒中日日沉醉，终有醒来的一天，而他在自己魂灵酿制的毒酒中一醉一生。

他，白子在手。另一只手举起一碗茶汤，一饮而尽。他急切地在棋盘上找寻，却什么都没有，棋盘上只有一片显眼的空白。

他生在最好的时代，却过着再坏不过的人生。他周游四方，寻仙访道，阅尽名山大川，胸襟变得广博开阔。他不在乎尘俗的羁绊，任时代用曲折雕花的屏风把他阻隔在玉堂高殿之外，而他却仍愿做个且行且歌的云游者。他旅行了一生，漂泊八荒，他不愿承认他的灵魂已经苍老，不愿承认他的影子一日比一日蹒跚。

嵇康这样的音乐家，行为乖张，豪放不羁，总说出震惊世俗的话，写出让朝廷颜面扫地的文章。他愤世嫉俗，在内心深处却是最天真的人。他不曾走出深山，只是在他的竹林中，或与向秀打铁，或与友人饮酒言欢，或是拂琴高歌一曲《广陵散》，不闻窗外事，不动世俗心。春风拂面，垂柳条条，一池荷花不声不响地开放，荷叶相互摩擦的沙哑歌嗓惊起了停在荷叶上的蜻蜓。窗外尘埃满天，他只是淡然地望一望，内心纤尘不染。月亮爬上山头，他却栖身山脚，冷月将光辉洒向大地，也照拂他的瘦肩。

音乐家是痛苦而敏感的，一如阮籍，一如阮咸，甚至是罗曼·罗兰笔下的约翰·克利斯朵夫，他们心甘情愿将灵魂卖给魔鬼。如《浮士德》所言，在阳光照耀的时候，他的脚下没有影子。相比之下，旅行家那风尘仆仆的外表下则有着一颗久经吹打的心。

李白在天地间飘摇，他有着文人墨客的多愁善感，也有着征战沙场的将军才有的豪放。他见惯了风吹雨打、景物变迁，所以即使万事消磨，他的内心也安然无恙。他的老练是在行走中、在苍山广地中磨砺练就的。他的不羁，不过是自言臣是酒中仙，不过是力士脱鞋、贵妃研墨、御手调羹。他广阔的内心不会为尘世所困。

旅行是去不断挖掘一座又一座城市的秘密，赏尽她们的风光；而音乐家的创作是不断地将自己挖空，到头来发现自己是那么惊慌那么软弱。

音乐家的尖刻是由于他们的涉世甚少。嵇康的绝交书刺痛了太多人的神经，他把自己的生命奉献给深邃的心，他的心却带领他走向了灭亡。阮籍在《先生大人传》中写道：他只有对天长啸才能赢得神仙的一瞥，而那神仙一啸便是群鸟争鸣，百花盛放，空谷传响，久久回荡。哪个音乐家不希望如此，可世俗的人们哪个奈得住寂寞，忍心让芳华渐老，自己独守贫穷。音乐家都是疯子，他们小小的心中只容得下自己的天地。他们一步步把自己推向命运的墙角，要么死亡，要么重生。而大多数时候，他们无力重生。嵇康的挚友向秀，这个伴了他一生的小友，与这个死心眼的音乐家相比显得太聪明。他不久就忘记了竹林，忘记了他曾视之为生命的玄学，忘记了"越名教而任自然"的追求。他入仕，投奔司马昭，那个杀掉嵇康的人。他还说他们在竹林的言谈是年少无知。阮籍的心会痛吧，身为半个音乐家的他一直痛恨自己的摇摆不定。越痛苦，他越怪诞，越要把他曾视之为生命的礼教踩碎给人看。说到头这都是音乐家的无奈，音乐家天真的发泄。

旅行家不会做这样的傻事。李白愿用他那一吐便是半个盛唐的绣口去赞美杨玉环，愿意忍辱在不公道的世中做个小官。旅行的人看得太清了，自然不再愤怒。隐于山林又能怎样，隐于俗世又能怎样，隐于朝堂不也是一样的吗？观遍山水使他的思维沉淀，没有人能比在山川中游历的人更有真知灼见。世界的本质被他一览无余，即使身处绝地，进退维谷，他也能活下来，活在自己的世界里。

雨打芭蕉，海棠亭畔，红杏枝下。他突然丢下黑子，仰天大笑，将杯中的酒一饮而尽，斜靠在青石上大声疾呼："来！阮兄，刘兄，快来与我同饮一杯。"四周静悄悄的。他低垂下头，他忘了自正始九年之后竹林七贤再没聚齐过，他们各奔天涯，只有他还在旧梦中沉醉不醒。

他仍拿着白子，不声不响地抬头，叹了口气。他捡起黑子，左手执黑，右手执白，激烈对弈，一如从前。他心中还是掠过一丝的不安："可惜啊，这样就没有手来执杯品茶了。"只是转瞬，这样的念头也没有了。

棋声叩叩，伴着檐角的落雨，点滴到天明。天一亮，鸟鸣如旧，花开似新。

十　年

　　有时候，一生很长，等上十年又何妨；有时候，一生很短，匆匆流年经不起十年的漫漫蹉跎。

　　流水的十年，带走了青葱往事；灯盏的十年，带来了江湖夜雨；离乱的十年，用风霜催老旧容；征戍的十年，黄犬之音难寄闺中少妇愁；扬州的十年，却只换得青楼薄幸名。

　　"十年生死两茫茫，不思量，自难忘，千里孤坟，无处话凄凉。"

　　苏轼的十年是思念的十年。睹物思人，回首往事，涛声依旧，自己却一个人老去，一个人苦痛。他沉浸在旧时的蜜酒中不能自拔，却忘了自己身处王安石变法的惊涛骇浪中。十年那么长，却不足以忘掉一个人。十年那么短，青衣白发，两鬓成霜，却依旧食杞菊居陋室。如果他放下那个缥缈的幻影，将生活放在前方，他会不会走得更远呢？

　　"桃李春风一杯酒，江湖夜雨十年灯。"

　　黄庭坚的十年是奋斗的十年。当年春风得意，轻易地举杯告别，都化作了十年的沉沉浮浮，在荆棘中摸爬滚打，迷雾中左冲右撞。当年的赤子之心，如今伤痕累累，春光将尽，红叶低垂，莺声渐老，万事皆休，却仍是春风不改旧时波，初心不忘。不忘曾经的豪言壮语，即使家徒四壁，即便被"秋来叶上无情雨"催白了头，依旧一盏青灯、一卷孔书，没有红袖添香、英雄揾泪，却仍在夕阳中、秋风里、羊肠小径上，留下一个孤独前行的背影。

"十年一觉扬州梦，赢得青楼薄幸名。"

杜牧的十年是莺歌燕舞的十年。这十年那么短，"今年欢笑复明年，秋月春风等闲度。"他偎红倚翠，纵歌放酒，玩梁园月，饮东京酒，观洛阳花，攀章台柳。可有谁知他壮志难酬的悲凉，连他自己都快忘记了。十年一觉醒来，烟花散尽，人走茶凉，祖上的功绩换不来他的荣华。他将青春埋没在烟花巷，词句抛洒在风月场。谁会为病榻前的杜牧哭泣，哭泣他已逝去的十年和将逝去的生命？

十年，说短不短，说长不长。时光轻易地便从手上滑走了，留也留不住，念也念不来，宛如一睁眼便已是"缺月挂疏桐"。可只有醒来的人才知道，在这场大梦中耗尽了青春，而梦中之人仍旧日日杯深酒满，朝朝小圃花开，醒来才惊觉志未酬、鬓先秋，以为春色满园，却是"无计留春住"。哪怕"费尽莺儿语"，也不能教被冷落了十年的春回眸驻足了。

十年，说长不长，说短不短。十年，足够用大把大把的血和汗，大把大把的曼妙时光让山河变色。那些上古留下的器物，天庭泻出的文明智慧，哪个不是不计成本地用一个又一个十年去搭建的？

十年，是一个轮回，一次前行。我们把这十年献给春风、秋雨、绿柳、红桃，不知十年是否能从土中冒出一棵小芽，不求多么茂盛，但求不辜负十年的苦苦等待。

梦里不知身是客

> 桃未芳菲杏未红，冲寒先喜笑东风。
> 魂飞庾岭春难辨，霞隔罗浮梦未通。
> 绿萼添妆融宝炬，缟仙扶醉跨残虹。
> 看来岂是寻常色，浓淡由他冰雪中。

这是一场在风刀霜剑中的绽放，一抹在冰天雪地中的暖红，一剪寒冬腊月的倩影，一曲带笑的无泪悲歌。

人们都知梅的坚强与傲骨，"疏影横斜水清浅，暗香浮动月黄昏。"可谁人能知在这傲然的脊梁背后有着多少的凄凉？难道傲立的寒梅不愿在姹紫嫣红的春日中绽放？难道它们被文人大加赞赏的嶙峋怪状是娇艳的花应有的模样？难道它不想有朝一日，花团锦簇地热烈绽放？可笑的文人赋予了它太多的深意，反将它无奈的本意生生抹尽。它不过是错生在寒冬，手忙脚乱地迎接生命的惨淡之际，慌忙生成这副模样，谈何傲骨仙风？归隐山林的居士们，追求病态的怪美，将梅的主枝剪去，留下崎崎岖岖的侧枝。

他们迷上的不过是自己心里一个没有来由的想象，却偏要摧残这不解语的梅。

其实对人，也是如此。一如邢岫烟，这个淡然的女子。别人在大观园中做着红楼大梦，她却只能在悲伤的角落做着她残缺的小梦。以血缘决定的尊卑，使她无力超脱。富贵荣华是别人的，她什么也没有，却偏是金陵十二钗逃不出的"乌发如银，红颜似槁"的命运。她如梅一般的孤独，一般的淡然，也如梅一般在严冬绽开，却经不起一阵温暖缓和的春风，轻轻吹拂。

"观里栽桃，仙家种杏，千林无伴。"这是以梅自比的朱敦儒对梅的凄苦惨状作的描写。高洁、傲然的梅早在士大夫的沉沦中换了人间。"虚心竹有低头叶，傲风梅无仰面花。"这是梅的内敛，山野樵夫一般的与世无争。在百花做着缤纷的好梦时，只有它在一边默默地隐忍。而在它做梦时，却连一个一同梦想的伴儿都没有了，群花已逝，大梦已醒，只有梅仍在冰天雪地中做着自己寒冷的小梦。春天一来，她便匆匆地收拾了红装，一分埋骨尘土，二分葬身流水。它甚至连"宁可抱香枝上老，不随黄叶舞秋风"都不曾有，清风一亲吻它的脸颊，它便叹息一声，飞舞着落下。如一场雨，一场泪，一场无人哭泣的葬礼。在春日万物复苏的舞场，哪有人看见在华灯里、红绒地毯上、衣着光鲜的身姿中洒满了寂寞了一个冬日的离人泪。那不是花瓣，是碎梦的点点红泪。

亦如此的，还有李清照。她好像和赵明诚琴瑟和鸣，可对她而言，这个儒弱、不敌她的才华、视金石研究重于一切的男子真有赌书泼茶的当时寻常之乐吗？安乐公主亦如此，她的女皇梦背后难道真的没有后悔，没想只做一个"春日凝妆上翠楼"的女子吗？纳兰容若亦如此，乌衣门第、翩翩相门公子，可他宏图未尽，壮志未酬，却已是多愁多病身。青梅入宫，妻子病去，他鬓角的雪尚未落下，心中的寒却已成灾。

"梦里不知身是客，一晌贪欢。"梦醒方知是梦，梦中哪得凄凉。满心欢喜，满眼春花，满园春景，自己却已飘零。曾朝夕相处的雪也躲藏到地底，等着来年再漫上来，而梅却要离别。它确乎要离开了，可连一个在乎的归人都没有，这又算什么离别。只当流浪异乡一遭，却是一去无归。世人以为它孤芳自赏，恃才傲物，却只有它独品自己的悲凉。它假装坚强，以至于别人真的看不见她的慌张。

在我眼中，花就是要大朵地开，酣畅淋漓地绽放。一株忙于御寒求生的花是不会惦记着美的。人就要肆意地活，把时光大把大把地抛洒。时间尽了，便转身离去。未尽，就继续挥霍。

"不如归去，阆苑有个人忆。"归去罢，在梦醒之前好好看一看自己，梦中的自己。

不要问我从哪里来

撒哈拉，吞蚀多少生命？对它来说世间万物都不值一提，它不曾因为任何人的到来而光辉四溢，也不会为任何离殇而黯然，不过用一具具被风沙蛀空了的骨架，诉说着沧桑。

浓浓的乡愁，前世的召唤，让那流浪了半生的人第一次开始思念那轮回的归宿。正是乡愁，正是胸襟广博的撒哈拉，叫那豪放漂泊的女子——三毛的人生熠熠生辉。

三毛，那黑发披肩、长裙拖地的怪人，是安定不下来的。一粒漂泊的种子，也总有一天会落地生根。而她如孤舟，以为已经到了彼岸的渡口，原来不过又是偶然停泊的驿站。她一生最宏伟的海市蜃楼是荷西，用六年时光错过，用七年时间珍惜，可谁也不是谁的归人。她是注定漂泊的，到头来，什么都留不住。

撒哈拉，是给人以孤独、寂寥、沉积的地方。风凛冽、夜未央，岁月风沙又替她抚了抚眉间。原来自己还是太渺小，在这广博的天地间独守空房。夜那么静，那么冷，那么长，星光都暗了，仍不见天明。她终于可以完成愿望，做个拾荒者，与墓为伴，度过那熬不住的艰苦岁月。

"不要问我从哪里来，我的故乡在远方，为什么流浪，流浪远方，流浪？"万水千山只有流浪，或许正如张乐平的《苦儿流浪记》中的三毛，只是从一处温暖的烛光中流浪到另一处大漠孤烟。家在哪里？从未有家。她的梦魇是流浪，她的归宿是流浪。以为可以驻足，用半生读懂一个人、一座城，以为世界上最牵挂的三个人还在，就永远不死，静静等到流干了岁月，过尽了时光，一起永生。可有的人总那么心急，在最爱的海中，永生。

荷西说来世绝不同三毛在一起，三毛也说不爱他。可他离去，她仍痛断了流年。以为流浪惯了，可以那么潇洒地转身离开，原来根已经落地，草芥一般默然相爱，海却依然嫉妒得惊涛拍岸。

滚滚红尘，吞蚀天地。

墓地是最沉寂、最慈悲的地方。温柔的风拂过发梢，一如多年前初见时的模样，如今最温柔的人是他，也是她。

晨曦照在一捧温热的土上，如此的祥和。

她不曾为了什么而熠熠生辉。她一直守着自己，在长发下窥探着世间，让一壶又一壶流年的毒酒，使她一醉不醒。走遍尘间万景才知毒已入骨，只得笑吟："醉笑陪君三万场，不用诉离殇。"

☆本文于 2016 年 1 月获深圳青少年读书随笔有奖征文一等奖

焉得谖草

　　何处合成愁？离人心上秋。纵芭蕉不雨也飕飕。都道晚凉天气好，有明月、怕登楼。　年事梦中休，花空烟水流。燕辞归，客尚淹留。垂柳不萦裙带住，谩长是、系行舟。

（南宋·吴文英《唐多令·惜别》）

　　点起龙涎香，挂起紫铜钩，窗外三月胡笳寒天冷，心中六月角声寒。夕阳垂下，像是一滴红泪，划过天空，在大漠的孤烟中，恰好卡在喉咙。

　　无法排解的愁是无法言语的。诗中的离人便是如此了，见花垂泪，望月悲怀，仿佛只有使人忘忧的谖草能够排解她如一川烟柳、满城风絮、梅子黄时雨的离愁。我不由怀想，她那离别的故事。

　　他是一日看尽长安花的乌衣公子，她是金陵水乡的章台游妓。他身佩词袋，隐身于风月场，她轻掩朱门，守节于烟花巷。一个佯狂佯醉，纵情声色，一个似痴似狂，一意追随。此间情语，剪不断，理不清，辨不明。她恐是也曾"嚼烂红绒，笑向檀郎唾"。

她定曾笑言"镇相随，莫抛躲，针线闲拈伴伊坐。和我，免使年少，光阴虚过"。他也一定是雕栏红窗下，在剪碎的月光里"执手相看泪眼"，山盟海誓"琴瑟在御，莫不静好"的痴人。

可是啊，可是，身背功与名的男人总是清醒得很快。而女子呢？不过是秋日里的团扇，取之则来，弃之即去。

他去了远方的边塞，留下的仅是只言片语，和一个没有归期的背影。这些虚妄，都像是那暂满还亏的江楼月，唯有相别无聚时。

她只有等。春风和煦，阳光明媚，而她生命中的秋日却到来了。一片欢声笑语中，她意兴阑珊。曾是他们执手种下的美人蕉，在风中瑟瑟。此刻，无须那能令昼短、令夜长的雨来装点她的惆怅，时光在芭蕉叶上刻下的每一道痕迹都在书写她的迷惘。从此后，自拿壶自满杯，一杯酒半杯泪，光阴荏苒，一岁添一岁，不见阮郎归，空余青衫泪。

此身已陷烟花巷、秦楼楚馆，本是不言深情。想来貌美如她，定是有大群大群的王公贵族围绕着她，她托辞一句"身不由己"便可忘却那个将她所有梦幻建造起来，又失手打碎的人。但是，人是骗不了自心的，她总以为，他会衣锦归来。她夜登小楼，遥望大漠，魂牵梦绕的大漠，可只有一片虚空。突然，她望见了明月，她怔住了，这是他们多少次把酒言欢时所对的明月啊。而今，冷月的枯光，抚摸着她的瘦肩，烟锁重楼，雾挂金钩。从此后，月亮升起时，浮起的是她的忧伤。

"怕的是灯暗光芒，人静荒凉，角品南楼，月下西厢。"单薄的夜里，听得见，草木生长，摸得到，月光温凉。

"我回来了。"她呆立在屏风后，这是谁的声音？随即，她笑了，歇斯底里，解下了所有的坚强。他回来了，不过不是衣锦归来。年事在梦中已休，烟花在水中空流。他已被磨去了乌衣公子的一身才情，而她也不再是当年肤似凝脂肌似雪的琵琶女郎。但他终究回来了，她用日日相思不眠的未央夜将他等回来了。此后"塞上谁家少年，足风流，妾拟将身嫁与，一生休。纵被无情弃，不能羞"。她以为两情相悦终能长相厮守。

她说了很多痴话，做了很多梦，但她实在是错爱了命运。

他是来告别的。没有一个男人会让自己轻易沉溺在温柔乡中，何况，他已不是当年的檀郎。他要走，她想留。她哽咽许久，他轻易地笑了，说："知我罪我，其无辞焉。"她释然，虽然仍未放下，她知道留不住了，一起离去的还有自己的青春韶光，无限幻想。她嗫嚅道："燕辞归，客尚淹留。"她不再唤他作"夫君""相公""檀郎"，而是叫他作"客"，好轻巧的一个"客"字。她想声嘶力竭地喊出："你走吧，追求你的宏图大志，但不要忘了，从前，你是离岸的船，而我是港口，如此一别，我这港口算是终年封冻了。我的故事结束了，而你的前程还长。"水送行舟隔江万里，一别如斯，唯有共饮长江水。

"扑挼蛾子双双舞，鸳鸯戏水游。"此后，她不过是一个平常妇人，只是心中隐痛，悔教夫婿觅封侯。

闲坐悲君亦自悲，我多想赠予她一株谖草，忘却忧伤。《诗经》中言："焉得谖草，言树之背。"偷偷将往昔埋葬。

再回首时，四周山色中，一鞭残照里，斜阳已不是当年的斜阳，却依旧映红了天，染红了眼。

一两秋风

一剪秋水，沉寂了清池上的明月；几缕秋凉，瘦减了流年的沈腰；几匹秋愁，痛断了离人的肝肠；一两秋风，吹落了林木的弃子。

落叶，树的弃子。那是热烈的夏转向薄凉的秋的一场落雨，一场缤纷的凋零，一场酣畅的泪流。落叶是新生的秋的信使，是垂暮的夏的背影。因此，秋日的落叶是悲的，不似春日的落叶，秋的弃子们是要沉默一整个冬日的，而春的老者是给身后那叽叽喳喳的冒头的新芽让道的，为了死而死与为了生而死当然是不同的。而于我，则是更爱秋日的落叶的。

曾在秋日去岳阳楼，在碑廊中行走，落叶飞入碑廊，踩在脚下一个劲儿地作响，似是痛苦地尖声叫嚷。碑上是大家的诗作，他们都是他乡的游子，客旅于此，他们在一片烂漫的日光中赞颂着、哀叹着、沉思着。太白诗曰："帝子潇湘去不还，空余秋草洞庭间。"他今日感叹着他人的伤悲，日后又是谁人拾取他的秋凉？是落叶吧，它们也是败落了的游子。曾有一句话："到不了的地方叫远方，回不去的地方叫家乡。"远方谁都不曾拥有，照此理，家乡却是人人都有。树是落叶的家乡，它们无法回去的家乡。

一直很喜欢"碑"这个称呼。碑，就是一片烟柳繁华后的悲。碑，就是竭力留住留不住的、竭力停止停不下的，最终留下了诗却留不下人，留不下昔日阳光照拂在肩的暖意。所谓碑，不就是悲吗？

一两秋风轻而易举地吹散了落叶，吹进了又一个轮回，新的落叶又在树中孕育了。哪片树叶最终不落，却又有哪缕秋风最后散去？该让那秋风为落叶立个碑。

该叫落叶碑吧。

落叶悲。

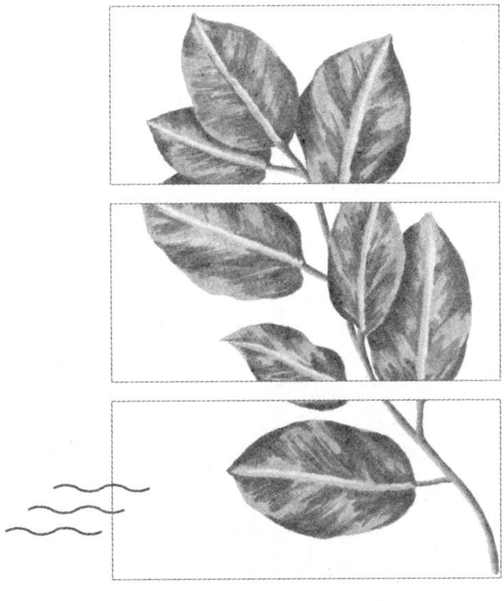

以一种深久的不安

我以一种深久的不安，看着时光一点一点冲淡百年的印记；我以一种忧伤的不安，看着灯红酒绿弥漫天地；我以一种激愤的不安，看着昔日的繁华都化为残垣。

以一种深久的不安

　　我以一种深久的不安，看着时光一点一点冲淡百年的印记；我以一种忧伤的不安，看着灯红酒绿弥漫天地；我以一种激愤的不安，看着昔日的繁华都化为残垣。

　　《牡丹亭》有云："原来姹紫嫣红开遍，似这般都付与断井颓垣。良辰美景奈何天，赏心乐事谁家院。"姹紫嫣红的往事，五光十色的从前，中国曾从风雨中走来的一个又一个五百年。多少的文化，多少的沉淀，如今的我们却不再在意，甚至都无缘一见。

　　想要叹息为什么美好的事物总要毁在战火中，毁在愚昧中，销声匿迹于灯火繁华中。

　　我第一次知道报恩寺塔是在明朝张岱的文中："中国之大古董，永乐之大窑器，则报恩塔是也。"明初百废待兴，却能有如此宏伟的塔，塔中最令人称道的是所有的地砖都是青花瓷的，不是泥瓦方砖，不是大理石，也不是一块一块的木板，而是用一笔一笔画的青花瓷铺成的。五千年的泱泱大国，还有哪一个时代可以做出这样的创举？但不用太欣喜，因为它已毁了。毁在了太平天国的战火中，为一个推翻封建王朝再建立一个专制十倍的王朝的梦想而灰飞烟灭。它倒下的那一刻，一起倒下的是明朝文明的精魂。我不安，因为人们为了欲望可以不顾一切；我不安，因为如今只能欣赏残留的瓷片，空想过往的鼎盛繁荣。

战争的毁坏固然使人敬畏，但最可怕的从来不是战乱，而是无知与愚昧。

还记得那谁都不愿提起的十年吗？还能听见多少名寺古庙在夜风中无声地痛哭呢？我们早已忘怀，那些摧残了的灵魂，死了又死的尊严。我还记得林斤澜在他的小说中描述的牛鬼蛇神，竟然让人不敢也不忍心读下去。那时知识是没有力量的，无知才是最大的力量。趾高气扬的红卫兵不知毁了多少千年流传的珍宝。席慕蓉曾说："没有山河的记忆等于没有记忆，没有记忆的山河等于没有山河。"那满目疮痍的山河和满是苦涩的记忆到底是有记忆还是有山河？我不安，因为愚昧可以战胜真理。

那样终究都是过去的迷失，而如今的我们也正失落在自己创造的繁盛中。

我曾在北京的小胡同中行走，希望能寻找到京城的悠然和陈旧，但我却迷失在了一阵又一阵的繁杂的音乐中。街上的人群涌动着，没有人会停留在一条满是落叶的小径上，抬头从两道高高的灰墙中看一线蓝天，回想从前发生的故事：齐白石是怎样地泼墨挥毫，茅盾是如何在这里度过他最后的岁月……不会有这样的人的，因为四合院中的饭馆，高大灰墙中明亮的商店，早就光芒四射地淹没了历史的余晖。人们不仅忘了这些曾光华夺目的建筑，也忘却了戏园子里的咿咿呀呀的唱腔，忘却了天桥下的相声，忘却了前人生活的点点滴滴……我在人群中彷徨，想蓦然回首，却没有人在灯火阑珊处。谁都没有注意，文化已和我们渐行渐远了，我们早已忘了它的模样、它逐渐消散的芬芳、我们的祖辈一手书写的辉煌……

我，不安。我深久地不安，我愤恨地不安。为什么我们有引以为傲的过去却偏叫尘埃遮没了它的光辉？为什么不可以替它点燃一盏明灯，将它温暖？这文明曾是点亮亘古的黑暗照亮世界的光，如今却在一片歌舞升平中渐渐消亡。

我不忍。所以，我想要去拯救它，让人们看看，它并没有死，而是和凤凰一样涅槃了，更加有星辉的智慧、流水的空灵和磐石的沉着。还记得仓央嘉措的诗："那一世，我转山转水转佛塔，不为来世，只为在途中与你相见。"我不仅遇见了它，更要让它复生。

（原载于《红树林》杂志 2014 年第 10 期，
并于《文学校园》杂志 2016 年第 1 期上发表）

☆本文被江西省教育厅评为 2014 年"新蕾杯"全省中小学师生优秀期刊读刊用刊活动作文比赛高中组二等奖

"中"的精神

　　崇山峻岭间，层层**叠叠**覆盖着雪，肃杀的寒风摧毁着雪上的万物，然而雪下的草木却在严冬中免于冻死，甚至不时要呐喊几声，好让心中那奔驰向春季的猛士不惮于策马扬鞭。

　　上，曰天；下，曰地；中，曰人。然而，此处的人绝不指头脑中生长着沙漠，荒芜、浅陋、空虚的人。此种人或是愚人，或是对自己有着狂热自负的蠢物。然而有"中"之精魂的智士呢？却全然摒弃了蛮横的自信，而是以谦而不卑、懦而不弱、慈而不怯的态度面对世界。在面对命运的不公、岁月的鞭挞和小人横飞的唾沫星子时，怀有"中"之精神的仁者确乎是低了头的，他们蹒跚地行走在一幅水墨画中。这幅画山石棱角分明，界限粗糙，犹如斧劈，使人望而却步，心生寒凉。他们便随了那伸着脖子、突着双眼、双脚上上下下蹦跳、自诩耿直之士的人一同走向画的深处。他们沉默无言，犹如广阔的土地。高堂之上的俯视者或许要大骂了："没有骨头的懦夫！"而我却心疑，恐是他们自己沦落到口不能言，甚至连沉默的权利也失却的田地，还不知是怎样一番奴颜媚骨。而且人生常若不系之舟，此刻暂时的沉默不失是一种勇于面对自心的气魄。尼采曾说："谁终将声震人间，必长久深自缄默；谁终将点燃闪电，必长久如云漂泊。""中"，大约就是在沉默中蓄积，在漂泊中明志。

窃以为，有朝一日，天地换作另一番光景时，中之智者便可放声高歌，纵声四野了。山石泷水、烟霞晦明、淡墨清岚之时，"中"的精神便展现出它积蓄已久的力量了。如沈从文先生，终能在长久的黑夜中迎来阳光，如音乐家肖斯塔·科维奇，终是在等待枪决的忐忑中走向了新生。而那些吹胡子瞪眼的狂生呢？大约都消失在了历史的烟尘中。

看客的嘴总是多的，切切察察地不饶人，大约总有人要哀其不幸，怒其不争，大谈要快意泯恩仇潇洒走一回。而"中"的精神真是得过且过吗？依我看是不尽然的。"中"的精神之所以传于世，便在于生命的崎岖与短促。看客们抖着二郎腿，嗑着瓜子，岁月便如丢弃在地上的瓜子壳，一纵即逝，一滴不剩。人即在无穷的苦难中匆匆走上一遭，一路上风黑、雾沉、雨急，若自己不能怀着一颗不动摇的，不以物喜、不以己悲的心，如何能够在生命之河中畅游，直至彼岸？生命本就是苦的，生也苦来，死也苦，总不能让梦也苦罢。退让，岂是委屈自己，便宜了别人？恰恰相反，退让的最大受益者便是退让之人。退让意味着面对艰难的平常心，一如广阔而波澜不惊的海面，而不是斤斤计较者心中时常叮咚作响的狭窄溪流。尚且不言已被人咀嚼至无味的退者方有日后更广阔的天地，单单讲"中"的淡泊与平静，这难道不是一个流浪日久的灵魂最为渴求的吗？试问，没有"中"的平和，果戈理如何以幽默之笔面对苦，贝克特怎样以看似荒谬之笔面对巨大的彷徨？"中"就是智，岂有他哉？

"中"之精神，唯有仰不愧于天，俯不怍于人，扪心自问也不会不安于心的人才有。毕竟，在天地的风云变幻中，肉身左右摇摆，而灵魂轻盈不动其实需要巨大的勇气。非能忍受千里寒霜、万里无人的孤独之人不能苟得。现实的引力太沉重，稍有不慎若真失了本心，名节不保实乃小事，此心再无归处便是追悔莫及的。

"中"，是软中有硬，硬中见柔。若是讲到作画便像极了留白，密中显疏，疏中带密，其中意蕴无穷。"中"，便是有自立于天地之间的决绝，看似软弱，实则刚毅，如水一般无形无状，却能适应任何形状的最奇绝、料峭的意境。马洛伊·山多尔被世人赞为流亡的骨头，这一个被遗忘的大家，他的出走故国，恰是软，而他的利笔却无往不指向动乱的故土。他扬言祖国一天不独立，他便一日不归去，最终他在无尽的痛苦中饮弹，这是他的硬。马洛伊留给故国的空白，其中不可言说的爱岂是空谈？

看客们大约又有话可说了，这次腿不抖了，瓜子不吃了，噔地站起来："鲁迅先生的骨头是最硬的，难不成这中国的精魂也有错？"一闻此言我的心颤抖了。鲁迅先生大约已不是一位作家，而成为一个全然正确的代名词了。"中"不意味着全然的藏锋敛锷，愈是有着尖锐的忧便愈是有着深切的、柔软的爱，何况刚毅如鲁迅也有"俯首甘为孺子牛"的时刻。

看客们满不在乎地挥挥手，都涌向了别处，散开了去，竟仍有窸窸窣窣的动静。拾上墨子的大棒背在身后，想教教他们什么是"中"。走近一瞧，竟是一条秃尾巴的大黄狗。它冲我大叫，作势要咬，是为狂；我亮出大棒，它立刻低头，耷拉尾向后退去，是为"中"；随手拾一块吃剩的骨头给它，它摇着秃了的尾巴根走远了，是为媚。

"中"的精神，大约就是对本心的守护。以退为进，以守为攻。看似随波逐流，实则天地独我，遗世独立。

上为天，下为地，中为我。天有阴晴，地有旱涝，唯我且行且住，且笑且歌。只等待有朝一日，于天空中望见深渊，于绝望中望见希望，于无声处听惊雷。

☆本文获得第十二届"希望杯"全国作文大赛决赛特等奖

在路上

　　幸福之为物，就是食五谷，得百病，有七情六欲罢。幸福就像青鸟，在你抓到它的那一刻，它就死亡了，唯有永远追寻，永远在路上。

　　幸福是什么？此刻我的头脑中竟荒芜得如一片沙漠，我确乎不曾问自己这个问题。"之子于归，百两御之。"这样宏大的场面幸福吗？非也。自古以来如此嫁入豪门的女子只能获得外人眼中的美满，终不是自己的幸福。那么功成名就的帝王幸福吗？非也。皇宫大约就如一幅意境端庄、骈罗整肃、不存生意自然之态的画卷，意境萧索。提笔至此，我已是长久地沉默了。这些结果，是多少人梦寐以求的啊，而在他们行走至梦想彼岸时才发觉，那不是幸福。

　　幸福是动态而非静态。满足与获得只是细小的快乐，而不能与幸福相提并论。人生本是参差多态的，有的人一生所求的东西正是另一些人与生俱来的，而这是使人悲哀的吗？有的人注定得不到幸福吗？非也。幸福是将热情与理想背负在身上，一路崎岖走来，一路饱经风霜，而这时，不问结果，独独这个过程便已是幸福了。路在脚下，梦在心中，知道我要前行，更知道我要去往何方，是为幸福。那么在充满挣扎与苦难的人生中，幸福便只是小小的插曲了。人生果真是如此苦涩的吗？

有人说："幸福何必那么麻烦。我得到的很多，而想要的很少，这不正是平凡的幸福吗？"诸君啊，在你为这句话迷惑时，我不免要提醒你警惕了。犹如梭罗的《瓦尔登湖》和卢梭的《一个孤独的散步者的梦》这般不悲不喜，如泥塑金身一般带着神性的幸福，众人怎敢轻易取得？起码于我而言，我早已不敢高估自己的人性。老庄面对欲望的态度也是顺其自然，怎么有人甘愿在贫瘠的泥潭中沉沦而连幻想星空的渴望都不存？这还可以称之为一个有血有肉的人吗？我不敢妄下结论，定然有许多清高者是要口诛笔伐的。可我以为，哪怕身处最深的黑暗，只要是向着光，哪怕是爬着去，哪怕是半途生死不明，却也定是含笑而终啊。

高晓松说："生活不止眼前的苟且，还有诗和远方的田野。"于是从不知何处冒出奉此为圭臬的文青们，愤愤地说幸福在远方。诸君，我再次劝你们断断不要相信，幸福是心灵的追逐，灵魂的远方，而非路程遥远。远方，除了远，真的空无一物。这一点，想必海子深有体会，在他渴望大海、渴望花开时，他心中的憧憬远远美于现实中几千里外的海洋。而当他真真面朝大海时，他的心中却没有花开了，因为他丧失了长远以来的向往。换句话说，幸福就是灵魂富足罢。

人们看历史常为历史人物的命运扼腕，而我以为，历史中为名利、为理想而尽精竭虑的人都是幸福的。没有欲望便没有幸福。有酒饮几杯，有肉吃几块，只管耕耘，不问结果，便是幸福了。

只要在路上，就会有方向，只要有方向，就不会绝望。孔明为他报国的愿望而空空辛劳一生，于看客是不值的，而于自身，便是幸福。

长久以来，总有人以为降低了欲望便能获得幸福，对这种论调我是不敢苟同的。换言之，幸福并不是可以被得到的。幸福只是陪伴人生的一种状态。

诸君，上路罢，我的行装已经收好。

若有一天，我将生活给我的苦难一并弃去，而依旧以无比的热情上路，我想，这就是幸福。

☆本文为第十四届"叶圣陶杯"全国中学生新作文大赛决赛现场作文

神妖论

　　在中国口耳相传、由老人们摇着扇子坐在黄桷树下绘声绘色讲述的古代传说中的妖和神，同是法力无边，同是长生不老，到底是一脉相承，还是大相径庭呢？

　　《西游记》写尽了妖的百态人生，或残暴或狡猾可谓一幅妖的众生相。正如深处疾苦中的百姓一样，它们看似怪诞、残酷的行为不过是将世间人心中的恶放大。妖，就是人性弱点的集合体。当人的手中握有同样的无边神力，那时他所做的恐怕与他曾厌恶、鄙视的妖分毫无差。曾有一个缅甸的传说：一个村庄每年都要向一条山中的恶龙献无数的吃穿金银与两对小孩，而同时，他们每年都会派一名勇士去杀死恶龙，但年复一年，不曾有勇士回来。终于有一次，一个孩子的母亲希望救出她的孩子，于是尾随勇士进了山，只见在山洞中勇士与恶龙厮杀许久后，竟终于将恶龙杀死。那个母亲急忙想去救回孩子，却看见那个勇士环视身边成堆的金银，慢慢走上恶龙的宝座，他头上慢慢长出犄角，身上长出鳞片，勇士最后变成了恶龙。原来恶龙每次都被勇士杀死了，但他们都未选择回村，而是取而代之。人要在无数次轮回中经过最痛苦的煎熬才能成为人，所以人的欲望也格外大，每个人心中其实都有一只吐着信子、面目狰狞的妖。

妖的丑态不过是众生的丑态，《西游记》的创作方式让它活灵活现地展现了群妖。吴承恩不过是个听书人，真正的作者们是生活在底层、看尽众妖和群魔乱舞的说书人。

神，代表着至高无上。妖和神相比，不过沦为神的坐骑、门童之流，被呼来唤去。神正襟危坐在云霄宝殿上，颐指气使，对众人呼之即来挥之即去。玉皇大帝统领一切，而神若在人间犯了诸如放走恶妖之类的错，只要蜻蜓点水般致歉，再将妖领回去就风平浪静了。这仿佛又使人看到了古时的官场，讲人情而不讲法则，官老爷明殿高堂上一坐，便可一手遮天。由此来看，百姓心中那不可犯的"神"就是官人了。而神终究是有操守的，其中不乏拔葵去织、德高望重的，而生有所束的神若想做到高洁傲岸恐怕是不为环境所容的。

世上本没有妖神之类，人们所津津乐道的不过是他们的恐惧与敬畏。《西游记》中的神与妖是在生活中阅尽沧桑的人们的期待，期待有一个打破尘规、惩恶扬善的孙猴站出来。他不是神也不是妖，他是救世主，是人们心中的希望。

而现实却往往是倒叙的《西游记》：成佛的悟空一路东行，地位、朋友、师父一一失去，心灰意冷回了花果山，天庭仍不依不饶，他在绝望中无处可去，终于，化作一块顽石。

天地间，一块顶天立地的石头。石头的心中藏着它的正义和当年雄姿英发的故事，可它却无处言说。

论归隐之于中国文人

　　中国文人一直有一种十分可笑的执着，依傍着自己的小能或偏才便风花雪月、附庸风雅。

　　旧日里的归隐之所指的是一个去处，但如今的归隐指的应是一种态度。归隐是末路之时的无奈之举，不是多高尚、多荣耀的举动。做个岁月静好的梦，梦醒了好收获加倍的现实。人生是痛苦的，总是如此，没有尽头，若隐于山林仍不能养心明性那么也是无用，若处于闹市之中即便车水马龙然而心中安定，自然是修炼，这种修炼不是躲避，而是一种内心的追求，让心变得坚硬，才能更柔软地适应痛苦。

　　中国文人不仅代表一类职业，更表示一脉相承的态度。这些人在人世间自成一类，和小市民们水火不容。文人，首先除去文化中的败类——文艺青年。此处的文艺青年仅指拿腔拿调、故作高深、见花垂泪、望月悲怀的迷惘之人。除此之外的中国文人哪怕再寒酸，仿佛也高人一等。如此的心高气傲，说是骨气，不如说是傲气，而这世上的人偏是骨气缺少，傲气十足，极易怨天尤人、自怜自哀。诚然，我所讨论的终究是管中窥豹，有道德修养的文人不在少数。但总有不知天高地厚之辈以放诞的姿态塑造了一个世人熟知的形象：一个仙风道骨的书生在深山野林中，破屋陋室、孤灯野狐，呷一口浊酒，夹一箸野菜，评经品文、谈笑风生，并谓之高尚。若让我来评价，用朴素一词便已是过分溢美了。

文人们自冠以才子的名号便有了在滚滚洪流中偏安一隅的借口，"消除了志向，又以消除为一种志向。"但问世间曾有几人真正像是教徒一般能经年累月不眠不休地磨砺心智？又有几人粗茶淡饭，没有红袖添香、雕栏红窗，真正放下执念，达到天人合一？此辈甚少，唯见满仓满谷的沽名钓誉之人。像是一个造假的古董，一个明青花偏要将自己埋入墓土，不是寻求平静，而是期待着以一个永宣瓷的姿态被人发掘，若是写上太祖遗制就更好了。但这样的赝品是不足深品的，程序化的纹饰，死板的笔韵，不说在当朝不值一物，哪怕在几百年后的今天也只有搭送的份。

归隐在晋若说尚存些本真，其实也不过是一个疗伤的避难所。试问，一个春风得意、踌躇满志的人因何甘心闲云野鹤地过尽一生？若有才华之人尽归山野，那置国置家于何处？可世上少了他们依然繁华如旧，他们不过是可有可无的失意人。归隐的人们越是表面上云淡风轻，内心越是绝望如许，他们有激愤却无法言说。谁束缚了高傲的他们？谁让他们闭上了乐于吟诗作对的红口白牙？是他们自己孤傲的心，自己的袍袖上仍带有市民气的遗臭，就对在生活的泥潭里苦苦求生的人们破口大骂，自诩超然世外，见官场污浊、昏君在朝、小人当道，万物皆不入目，唯游荡丁秦楼楚馆间才能麻痹自己"为国为民"饱受痛苦的心。

论归隐之于中国文人，这大约是一种对他们高洁情操的渲染，锦上添花罢了。起初的归隐者不过是出于无奈，而可笑的效仿者们一拥而上、奉之为真理，若真要对此做出评判，那么不做评判是最好的评判，无话可说是最易懂的语言。

（原载于《高中生之友》2016年第4期）

感　动

　　感动，像是汪洋大海上的一叶扁舟，孤独而迷惘；感动，像是西去的太阳在大地上留下的最后一瞥，留恋而凄凉；感动，又像是沉睡的古莲子，悠然而宁静。

　　正如宝玉所说的，我并不为有些文死谏、武死战的愚死而感动。有时，只是因为一件物什、一句话、一个人而感动，感动于他们的清韵、芬芳、惆怅。

　　竹子在华夏文明中从来都是有着很深的意蕴的。曾见过一个老旧的湘妃竹臂搁，第一眼见着就仿佛被那一股如柔弱女子的浓浓哀愁所笼罩了，发黄的竹子上有着点点的斑纹，竟像是一滴滴的泪，由一个千古伤心人无意中滴在了上面。那一定是个深闺中的妇人，苦苦思念远去的丈夫，像是贺铸诗云："试问闲愁都几许？一川烟草，满城风絮，梅子黄时雨。"愁绪竟是铺天盖地地席卷来了，刮乱了她云般的鬓发，刮病了她的容颜，却不能将她的思念带向远方。若愁是砖瓦，那定可以筑一座桥，一直架到爱人的身旁；若愁是丝绢，那定可以织成一方横看是"丝"竖瞧也是"丝"

的手帕。只可惜不能。那一刻她明白思念原来是最无用的东西。深夜里，只有蜡烛陪她一直落泪到天明，而她的泪早已留在了那苍苍的竹子上。光是想着心中便被触碰了些什么，好像得小心翼翼地藏好不能让如此美好的情谊碰碎了。即便不为这美好的遐想感动，也要为那些有如此闲情雅致的文人墨客感动，不论在什么年代，他们总将一切做上美的标记，让如今的我们沉醉其中。

物的感动是间接的，而一句话的感动却像是深夜透过窗子、重重地叩击心门的月光。

"镇相随，莫抛躲，针线闲拈伴伊坐。和我，免使年少，光阴虚过。"这是柳永《定风波》中的词句。原以为是以与情郎两情相悦的少女口吻写出的，但细看才知，这是以秦楼楚馆中、章台路上的女子的口吻写的，这才明白看似普通的几句话之间，有着怎样的风尘中的辛酸和哀叹！柳永是个出入烟花柳巷的人，他深知那些女子的不幸，我为他因她们写下如此多的名篇而感动，他不是一个和世俗一样看不起她们的人。谁说她们是贪名图利、情薄意寡之人？歌妓陈圆圆最后就厌了尘世的纷争当了道姑，张建封的爱妓关盼盼在他死后十几年都在燕子楼中独守空房。她们难道不比那使"红颜未老思先断，斜倚熏笼坐到明""何事秋风悲画扇"的七尺男儿更情深意重？《诗经》中"宜言饮酒，与子偕老，琴瑟在御，莫不静好"的情境恐怕风尘中人是无福消受的。最爱管闲事的秋风，吹红了枫叶，也过早地吹白了她们的头发，她们只能寂寞地度过余生。我感动于她们的美艳、美艳的易碎，感动于她们的凄凉，更感动于柳永对她们的懂得。

一句话、一首诗可以述说一个故事，但一个人却是一座城、一个时代。

也总是为晏几道而感动。他出身于乌衣门第，是相门公子，但他的一生却潇洒豪放，不为世俗所累，放荡不羁、风流倜傥。或许世人应羡慕他，知世故而不世故，像纳兰一样，胸中怀着儿女情长，即使不像他们的父亲晏殊和明珠一样快意潇洒，但他们同样能在洒着清冷月光的湖面、没入云海的山顶、满地落红的小径中寻觅到生命最本真、最自由的欣喜。将涓涓的心事托付给游鱼，将情愁弹奏在琵琶弦间，做个像林和靖一样以梅为妻、鹤为子的云淡风轻的人有什么不好呢？泰戈尔说："让死者有那不朽的名，让生者有那不朽的爱。"笑看别人抢夺吧，自己就在那白云满地无人扫的蓬莱岛中静静观瞧，淡品"落花人独立，微雨燕双飞"的苦。晏几道曾有四个歌女，其中小蘋最会弹唱《琵琶语》，晏几道便为她写下广负盛名的《临江仙》，而双飞的燕儿却只有形单影只的人来观了，自古是"花落人亡两不知"。相思的痛苦像是一杯苦茗，经年往事涌上心头，茶的苦涩随着岁月行走，反而越来越浓。他永不能和她们相伴，晏府落没后，四个歌女流落街头，和他再也不相见，只希望再一次弹起琵琶弦上的相思时一同沐浴在一样的月光中。我感动和慨叹的是他的洒脱，他的情愁。

　　千古时光，仿佛和我们相隔一江水。我们为之感动，为之唏嘘，却不能改变什么，只想月下独酌，也为文人墨客的孤魂野鬼敬上一杯，敬他们给我的感动。

（原载于《深圳青少年报》2014 年 10 月 8 日刊）

让时间流逝

　　让时间流逝，有着诗句的山茶花瓣，穿过阴冷黑暗的回廊，挤过没有上锁的衣柜，停留在了汽笛的一声长鸣中。

　　时光，用细密的沙砾在命运之风的鞭打下使容颜变得消瘦而脆弱，一切有形的都必将在岁月的狂流中渐渐变得面目全非，唯有无形才得以永存。马尔克斯的《霍乱时期的爱情》中的弗洛伦蒂诺·阿里萨用如他所言的一生一世验证了这一句话。为了一个看似不可能的结果等待了五十一年九个月零四天，终于穿过了命运的狂风怒沙，以无止境的爱，步履蹒跚地看见了半个世纪以来第一缕几乎刺穿心脏的阳光。

　　就像那个叫弗洛伦蒂诺生命停滞五十一年的女人所言："让时间流逝吧，我们会看到它究竟带来了什么。"

　　的确，时间可以使我们知道自己拥有什么，只是当我们意识到时，那已经变成了我们曾经的拥有。就像《百年孤独》中的乌尔苏拉在她的疯丈夫死了之后，才明白她是多么需要他；《茶花女》中的阿尔芒也是在他所不屑的玛格丽特病逝后发现自己的愚昧；

《心灵的焦灼》中的霍夫米勒在他一直逃避的女孩艾迪特自杀后才了解她的重要性。只是时光叫他们都再也回不来了。绝望的霍夫米勒说："一秒钟之内一个人就可以死去，一个命运就可以决定，一个世界就可以沉沦！"但缓慢的流逝与一秒钟的疯狂不同，时光用优柔寡断的指尖一层层揭开含苞的花瓣，露出那已经干枯得叫人措手不及的花蕊。

我们曾以为什么都很重要，那常挂在嘴边的所谓我们会记住一辈子的事，最后又可以记住几件？有多少事是真的铭记于心？也只有时间才能叫我们知晓究竟什么是一辈子的记挂，永无止境的到底是生命还是死亡？又有多少爱能在毫无回音的五十年后变为平淡的寻常？

弗洛伦蒂诺终于在汽笛的一声长鸣中找到了那个在茶花树下的庄严姑娘，但时光叫他知道，这已经不是爱了，这就是他本来的生活。

当岁月与时光叫容颜不复，才滤出了弥足的珍贵。让时间就如此平静而缓慢地流逝吧，直到有一天把所有带来的东西都带走了，我们就明白了，也永恒地平静了。

（原载于《红树林》杂志 2014 年第 5 期，并于《文学校园》杂志 2014 年第 3 期上发表）

云端有高歌

"古来圣贤皆寂寞"，李白如是说。此语直指千百年以来颠扑不破的定律，也必将再向后传过千百年。我若为圣贤，听得诗仙此语，必会心下了然。

自古以来，哲人、智者，往往心中长怀痛苦，永存寂寞。在满世切切察察的俗人中，他们确然是沧海一粟；而在众口铄金的洪流中，又有多少人在不得已之中噤若寒蝉，选择随波逐流？而他们，从俗人非议的黑幕中趔趄冲出，从污浊的世间腾飞而上，选择精神的高蹈，饱尝独在高处的苦楚，超乎世外，直至云端，心中的隐痛却化作了口中的慷慨高歌。

这般身姿高拔、胸襟开阔之人，论是非而不论成败，论顺逆而不论功过，论万古而不论一时。做异端，以古今鲜见的独醒人，凭一颗纵横天地的自由心，呐喊出人们谙哑无言的心声。所处与常人无异的方寸之地，遭受常人未曾体会的寂寞煎熬苦，心却在万丈长空，吟起高洁广远歌。

因为痛苦而清醒，因为清醒而痛苦，却不被这样的苦痛束缚，这也是这些有识之士难以解脱的宿命。

这般云端歌者，虽为异数，却不乏其人，他们是中华文化的星空中不灭的星座，每个静寂沉默的夜晚，都可见他们的光辉在闪烁。

王安石，为新政奔走呼号，殚精竭虑，他的思维，超越了时代的桎梏，损害了当朝权贵的利益。当他的思想为世人批驳、他的满腔壮志无门可入时，他哪能知道，是他的高度让时人望尘莫及？他的肉身在艰辛苦闷中遨游，而他的思想却在云端高处纵情高歌，只叹无人能读。

张居正，这末世的挣扎者，他意欲高飞却深陷泥淖。他早已看透了封建统治下越是歌舞升平就越暗藏危机，那个他尽心尽力培养的万历皇帝也未破解封建时代愚昧昏君的魔咒。时代的没落嘲笑着他那云间的忧思，他愿救国救民救天下，却自身难保。只是，他注定要做一个孤寂的云端歌者，虽似以蜉蝣撼动泰山般异想天开，却只愿，那云中传来的渺小、细不可察的呼喊能唤醒一些志士，也是此生无悔；即便毁灭自己，也要唤醒沉睡的世人。

以王、张之智慧，难道不懂明哲保身吗？以他们的见解，难道不明白"哺其糟而啜其醨"般与世推移更能乐于其间？他们就是逆时代而动的叛逆者，也并不是自甘在空茫的云中高歌的，他们更愿意让自己的歌声走入正处于梦中的人们，将他们唤醒。尽管此时没有一个高高在上的君王，甚或一个受其润泽的百姓走出来，让他们听见山谷的回响，以作告慰。

当然，他们可以舍弃齐天下之志而选择独善其身，中国文化中并不缺少这种对世事无能为力时的权宜之策。但是，栖隐山林的隐者优雅独酌浅唱，骨子里仍无法脱去苦涩而走向麻木。他们越是避世，越是放荡不羁，他们的苦痛、忧虑其实越多，越是绝望如许。而在繁华的宦途官场上，有多少人是将自己的心放归四野的？这不唯自私与消极，仅仅是不忍再见世间疾苦，也不忍在短短的一生中使自己饱受精神折磨罢了，也唯有如是才得片刻的无悲、无喜、无忧、无惧。他们的歌中带着看透一切的冷峻与苍凉的无奈。

追问自身，如今我们能让满腹壮志之士乘胜而归吗？难道王、张托生现世就可不抱憾终身？未必。这些站在时代前列俯视着卑小的我们的人们注定是孤单的，我们是难以理解他们的。但是哪怕这些声音不会落在地面融于万众，我们也应心存敬畏。哪怕我们不是践行者，我们也可以在听到这样的呐喊时赞美一句："这样的歌声，原来也很美。"不要让他们倾尽一生的智慧，化作哀转久绝的空谷余响。俗人如我们纵然连追随者都算不上，但我们可以看见刺破迷蒙的一束光，不论我们是否是那扑火的飞蛾，我们能知道，如果意欲前行，引路人已等候多时，我们不能将其辜负。

究其本源，云端高歌，在这一社会历史前行的萌芽下，人们越是歌颂这种高尚，这个时代就越是被钉牢在无能的耻辱架上。高歌者终是要在满身泥腥与血汗中走向辉煌，而不是在歌颂声中化作一曲微茫。否则，凭何度过此生？此生逝后，这个时代又将由怎么样的"正统"来引领？

心驰骋乾坤、超于世外，是一种超脱，无疑也是一种异于凡人的背负。即使他们内心的苦闷无法言说，但他们在云端的声音依旧可以响彻云霄，哪怕无人能懂，却也无怨无悔。

☆本文获第十一届中国中学生作文大赛江西赛区一等奖、全国二等奖

不食周粟

有两条路摆在我的面前，一条是康庄大道，一条是被一簇簇的蓬草遮盖着的曲折小路。我徘徊，迷惘，彷徨，却不知道前路何方。我的心大叫着让我去那条没有前程的路，我的脚步却被推向光明大道。

我被人群推着攘着，我着急得想大叫，可是人们都专心赶路，连抬头看我的工夫都没有。我望向一片光明却绝望得要落泪，眼睛红着，鼻间一酸，却没有泪流下，我的心被忘在了原地。我要去找它。

岑参是个挺洒脱的诗人，连他都吟咏出"只缘五斗米，辜负一渔竿"。他梦中的田园，梦中的闲散化作烟云，有谁束缚着他？没有人，除了他自己。他不放自己的灵魂去追去寻，只得吟诗诉愁，这哪是愁呢？强说愁罢了。自己的选择从来没有回旋的余地。若是外在的束缚还可以竭力挣脱，可内心的桎梏不是谁都能像阮籍一样打开的。他的一个灵魂在摇摆浮动，另一个灵魂则耐心地把这摇动按住，他越唾弃社会越是对自己的鞭笞。

中国文人的可笑纠结！"忍将浮名，换了浅斟低唱。"那这才子词人为何以难以磨灭的热情参加四次大考？"有道难行不如醉，有口难言不如睡。"话如此，而苏尚书可不忍心深深睡去，虽"问汝平生功绩，黄州惠州澹州"，一次比一次辟远，却也没见他放弃。儒生讲究"至君尧舜上，再使风俗淳"，吟诗作词，附庸风雅，只求一乐罢了。没谁忘得了功名，魏晋讲究隐于朝，看似清高，但那朝堂上的功名满足了他们的心，有没有作为是另一回事了。

不食周粟的伯夷和叔齐被多少人视为愚忠？多少人嘲笑他们的坚守？我并不想对他们竭尽一生忠于一个暴虐王朝的行为评价什么，但他们能为自己高贵的坚持、气节与信念而死，是极光荣的。为了自己的理想而死，无疑是满足而快乐的，有什么比为自己活，为自己赴汤蹈火，对自己忠贞不渝更好的事情呢？隋末的一员大将为了保卫隋朝支离破碎的江山，亲手杀死前来劝降的妻子，最终被不堪忍受的兵士杀死。他无疑是个愚人，可他的愚实在是人们太缺少的坚守了。大隋是他的信念，他不在乎隋炀帝的荒谬，他只知道为了自己的心奋斗。他无疑是伟大的，他不该被忘记，不该被耻笑。虫蛭们望着长颈鹿却只道是个怪物，他太高大了，凡人望尘莫及。

自古有多少人有着理想却耻于实践？他们自己背上条条框框，把所谓责任一条一条压在自己的身上。人活着为了什么？为了别人而负责？那谁为我活？别人可以由千千万万个人负责，或可以自力更生。而这世上，这宇宙间却只有一个我。我为什么不能为自己活着呢？我不信来生，也不指望来生。千古的时光长河怎会因个人的几十年而被打乱？如果有一个荒诞的梦，我愿意追，我愿意押一生的筹码，我可以为了一个虚无的梦去寻找，却不愿平静地在原地度过一个平常的一生。我的追求，对于光明的康庄大道来说太危险，拨开那蓬蒿谁知道后面是明镜高堂还是黄芦苦竹。但我要去看一看，一定要去，我那被消磨得所剩无多的爱好，不能放任它在我的生命中流过。

我要追。

如果那是一个渺然的倒影，我只能追到一场空，最后一无所有，漂泊流落，我享受着，我不后悔自己的选择。有比竭尽全力去验证一个来自内心的呼唤更好的事吗？我不知道，起码我不觉得有。活过一生比度过一生来得更有滋味，一生中心里一直有一盏灯，心一直是活的，而不是如死水一般过一个只是为了吃饱穿暖过尽寿命的一生。

如果那是一个真实的殿堂，我享受着，不为自己的享受羞愧。我的选择，我应得的快乐。把一生托付给我的梦，还有什么比这更好呢？

人活着不是为了死，是为了活着而活着。过好自己的一生是最大的责任，处处考虑着对别人的所谓责任，丧失自己，最后只能感动自己。为自己活吧，我就那么点追求，再不追寻灵魂的棱角都要和别人如出一辙了，那样我便不再属于自己，而属于一个巨大的飘荡的群体。群体中的人各色各异，只有一点出奇的一致——他们没有心。

我奔向我的心，我冲向那条小路。冲进蓬草中去，泥泞绊住我的脚，尖草割着我的手，茅刺扎着我的脸。我寸步难行，失足倒地，我拥起一抔腐败的泥土，幸福地哭泣。

脸上是湿的，伸手一摸，有血，有泪，身上流出桎梏的苦血，心里盈满欣喜的热泪。我听见身后人们匆匆的脚步，平稳，安定，满是自信，我心头的喜悦又深了些许。

大隐隐于市

在漫漫的历史尘埃中，有的人投身洪流，愿做个社会的执牛耳者；有的人有口难言不如醉，甘愿沉沉睡去；而有的人抱着臂、抿着嘴，静静地站在一旁。

到底谁是醒着的？

李白一边摇头晃脑地吟哦着"人生得意须尽欢，莫使金樽空对月"，一边轻手轻脚地撩开玉堂金殿的帷帐，这位仙人也终是难脱俗流的。玄宗的政治不算太坏，他既自诩独醒于浊世，又何必不做瑚琏偏寻仙访道？他的性格、气节耽误了他，使他只能站在主流之外，静静地徘徊。由此可见，入世是文人墨客的主流思想。

在迁客骚人彷徨于高堂与茅屋之间时，哲学家却在深山与乱世中做着艰难的抉择。

老子和墨子，一个出世，一个入世。老子清高，淡泊名利，无为而治。墨子辛劳，奔波告走，出将入相。墨子提倡"兼爱""非攻"，自己却是一个军事家，精通兵法战术，在各国之间奔走，仿佛失去了哲学家应有的端庄，可他却救了许多苦难中的百姓。

细看古今，除王阳明和他有几分相似，再无人出其右。一个思想家、哲学家更要清醒地投身社会，为社会勾勒出一幅美好的边框，才能让思想的种子在里面肆意生长。

入仕，比起入世，不仅要放下清高，更要在小我和大我间放下那个渺小的自己。

张居正，本可以在丧父之时丁忧，他却为了万历新政而忍受了世人、属官、政敌甚至学生的诟病或诽谤，在那个孝比天大的时代，他为了国家、为了仕途抱负而遍体鳞伤地坚持着。比起那些一受挫折就告老还乡、抑郁而终、"心在天山，身老沧州"的人们，他无疑是一个亲自操刀，为时代与国家问诊的勇士。即便明朝气数将尽，即使神宗昏庸敛权、政治黑暗、民众处于水深火热之中，他也可以让理想闪光。

"小隐隐于林，大隐隐于市。"能在众人中独醒远远不够，更要用一己之力去改变、去创造。那些沉睡的人，醒来吧，知道自己身在何方；那些旁观的人，一齐来吧，青莲可使泥淤芬芳；自以为庸碌的人，昂起头来吧，压倒骆驼的，或许只缺你这一根稻草。

为了活着
——读余华《活着》

　　有人问亚里士多德："你和平庸的人有什么不同？"亚里士多德答："他们活着是为了吃饭，我吃饭是为了活着。"

　　活着，就是在生命沉淀的尽头，红日西斜的余晖中，那最后一缕最乏力却又最荡气回肠的呼号！

　　余华的《活着》，初读像是"死着"。人们一个个死去，最后只剩下福贵独品经年往事的苦酒。怎会不悲呢？绝望与苦难像是一丝丝的华发，起初还以为是少年爱上层楼般的强愁滋味，在不经意间却已白发苍苍。而末尾，当那沙哑、嘹亮的嗓音叩打心灵时，我明白了，这就是活着。

　　所谓悲剧，就是"结局是悲，悲痛之余产生一种崇高感"。悲剧的美，大大美于寻常之美。雨打残荷，风摇枯树，花散小径，那种痛楚的但直击人心的美是一种解脱。《活着》中的悲，可谓是一行由掌灯落到东方既白的泪，苦涩，悠长。但并没有让人深陷其中难以自拔，而是让人仰视。仰视家珍的善、福贵的忍、凤霞的苦。这些有命无运的人，忍耐着崎岖的生、泥泞的命、满布荆棘的活。但直到生命的尽头，他们的信念仍是活着。以忍耐的姿态，低着头，弯着疲惫的脊梁，迈着小步，用滚落的泪珠浇灌着贫瘠的土地，如一头老牛一样默无声息到连死神都将他忘记。

正是书中的苦难、书中的死才让人看到了生。苦难多到让人忘却这是苦难，以至于死亡是为了更好的生。悲剧美学让人看见黑暗，心中却源源不断地喷涌出光明。理想的破灭却在人心中击倒了现实，越是死得痛断肝肠，就越是生得淋漓尽致。

泰戈尔曾说："我们的生命是天赋的，我们唯有献出生命，才能得到生命。"落下了枯叶是为了让新叶生长，明媚夏日的离去是为了丰收的来临，正是有轮回才有了前进。死是为了活着。

同样，活着的目的也是为了活着，而不是为了活着之外的任何事儿。

福贵的活着是一种忍耐的、卑微的、没出息的活着，却比那些争来争去的人活得更长久。不是他怕死，而是死怕了他。忍耐，忍过了三冬暖、六月寒，熬过冬去春来桃花又开，等天地还人间一个朗朗清平峰峦叠翠，日暖风和佯狂佯醉，缓踏芳菲。在漫天的黑暗中，福贵没有挣扎，他只是默默地受着，几近懦弱，痴呆般地受着。他不像那"机关算尽太聪明"的王熙凤，倒像是苏轼希望孩儿愚且鲁的样子。在他眼中苦难已变为滴入染缸的一滴墨，不是没有痛苦，而是把苦痛与生活，以一种高尚的、端庄的姿态结合在一起。痛苦与喜悦都是这样平淡，平淡到麻木。他受的磨难太多，以至于除了他自己，没有什么可以打垮他。正如《圣经》所言"爱是永恒的忍耐"，是爱，让他忍耐；是爱，让他愚鲁；是爱，让他活着，而不是死去。

他只想活着，他只要活着，他只能活着。他以岁月洪流中幸存者的身份庄严地伫立在天地。不是窦娥那般迷茫、无知地活，也不是哈姆雷特般优柔寡断地活，而是像造物者一般默默地旁观，怨而不怒，哀而不伤。直到有一天，他的土地想起了他，张开他那广阔的胸怀将他同妻儿一起拥入怀中，他才愿那颗疲惫的、受尽苦难的心停止跳动。若有一滴苦水儿他没有吞干喝尽，他都要履行这生命的唯一要求——活着。

泰戈尔说："生之流泉，使死之止水跳跃。"

正是死亡的诗意的痛苦、怒放的破败使得生格外灼目。以乐景写哀而尤显其哀，以死写生而尤显生之宝贵。

《活着》只能是《活着》。哪怕双鬓斑白，风霜将面容吹打得面目全非，妻离子散，乡音已改，客老他乡。怨不能，恨不成，坐不安，睡不宁。若仍活着，那就要好好地过。不为别的，就为活着。

背对，或是面对命运的时候
——余秀华诗读后感

　　一场酣畅淋漓的泥沙俱下，一次稗子伏在残冬肩头的号啕大哭，我闻到了泥味，汗味，腥味，苦味。当它们交织，混合，聚变，重组，爆炸，冒出缕缕青烟，我看到了诗。

　　我终于，在读诗的时候，找到了情。久违了。

　　静默的呐喊，平淡的疯狂，埋怨的留恋，苦痛的徘徊。

　　余秀华，她以茧，以一包麦子，以花椒树，以漏底之船，以蛤蟆入诗。可那些带着泥腥味儿的诗，那么美，又那么疼。这首《茧》，写葬她的父亲，她不写悲，不写笑，"不着一字，尽得风流"。可她分明声嘶力竭，肝肠寸断。一代又一代手上厚厚的茧子，里面藏满了苦难，压得他们无法喘息。世界倾于他们的无奈，他们默默地受着，他们被一整个柳绿桃红的春天包围，而他们却只有小草，或是一棵提心吊胆的稗子。第一缕春风吹响了它葬礼的丧钟，暖阳用温柔的指尖刺穿它的心脏。稗子趾高气扬地在它们的旧国中生长，踩着它们散落的身体，它们或是一头牛口中反刍的碎片，或是深埋泥土的枯枝。苦不堪言，却泰然处之。

有多留恋，要以茧相认；有多厌世，要把今生远远留在后面；有多爱，要明知永别却道再见；有多恨，要背负一生的罪责。如痴，如嗔，如癫。爱和苦难，世界的两极，却在她的诗中相安无事。活在苦中，生在爱里。破旧的木桶里，有一棵柳树的前世今生。苦涩的药引和药渣是恒定的相守。不平整的光阴，凑足了万物的春天。

如一颗青橄榄，咬时是苦涩，咽时有回甘。她的诗是回甘。我们痛快地读她的诗，煮一壶田间流光，邀一揽夏末清风，吻一株扭捏的小草。她却在用她漏风漏雨的苦涩灵魂，用断掌残臂把她的心写出来。如皮影戏一般，驴皮影一直在那里，但若没有光，再曲折的情节也是漆黑一片，而人们称赞着驴皮影，却忘了把自己源源不断地投入黑暗的光。那诗里闪着光的，是她缺了氧的心啊。

我读过许多好诗，诗藻华丽，具有音韵美、绘画美、建筑美。但是她这样的诗，不曾读过，大约也没有人敢写，没有人能写。这样的诗，是真正的诗。

命运给了我们阳光，我们偏偏闭了眼。命运轻蔑地留给她一盏灯，她却用如豆的烛光照亮了头顶，她高举着残灯，无畏地高歌。

让我来为她说，那给她带来残缺的苦难是淙淙溪水中的落叶。她唯一的身份，让我面无愧色地说：诗人。

这，是她唯一的身份。她当之无愧。

附：

《茧》

　　　——余秀华

埋你，也埋你手上的茧
这茧你要留着，黄泉路又长又冷，你可以拨弄来玩
如果你想回头，我也好认得

爸爸，作茧自缚，你是知道的
但是你从来不说出
对生活，不管是鄙夷或敬重，你都不便说出来

作为儿女，你可以不选择
作为儿女，我一辈子的苦难也不敢找你偿还
埋你的时候，我手上有茧

作为一根草，我曾经多少次想给你
一个春天
不赞你以伟大，但愿你以平安

不会再见了，爸爸，再见
一路，你不要留下任何标志
不要让今生一路跟来

以一种深久的不安

寒山寺

　　一诗一城，一世一诗。一首《枫桥夜泊》写出了一个秀美的姑苏城，也写出了一代才子——张继。

　　张继算不上大家，也算不上名家，他的一生六十许载也只有这么一首诗千古流传。但仅这一首也足够了，就好像玛格丽特，一生只发表了一部作品，却流芳百世。

　　这一首《枫桥夜泊》充满了他的无限愁思、无限悲凉。那是他苦读数年、进京赶考却名落孙山后，孤身一人，深夜明月向西，他却无眠，披衣起身。他或是想不通，为什么那样长的红榜上容不下他那短短两个字的名？现实打破了他的一场清梦，跨马游街、衣锦还乡、琼林赴宴怎会不属于他张继？十年苦读化作泡影，他，显得格外潦倒。

　　谁又曾想到最后家喻户晓的人不是那长长榜单上的高中之人，反而是这失了魂魄般的书生呢？自古状元少有留名之人，倒是那失意的书生多是游历山水、触景生情、有感而发、口吐莲花！有位哲人说过：诗穷而后工。或许是被逼到了绝境再不问尘事，只得潜下心思，思维反倒明了通透了，反能畅言胸中锦绣。

张继也应是如此。他生在诗书世家，上京赶考却落得空手而归，心中有种难言的愤慨，又自感难面族人，心中唏嘘。身旁是得意的人群，他却喝得酩酊，惟泪千行却于事无补，只得诉诸笔端，如此便有了那让他扬名的《枫桥夜泊》。

一首失意而作的七绝却改变了一城、一人之命运。张继成就了一座寺、一拱桥，一座普通石桥因为一首《枫桥夜泊》而得名。一座清冷的寒山寺若缺了他还会是中国四大名寺之一吗？

千年后，万年后，只要文明尚在，张继的这首《枫桥夜泊》一定仍会悠悠回荡在寒山寺中。

"千里孤坟，无处话凄凉"
——读《百年孤独》有感

　　一次百年前古老文明的博弈，一个家族注定百年孤独的预言。苦苦挣扎，放荡不羁，终是逃不出一个世纪前那个"疯"老人在羊皮卷中写下的预言。

　　当乌尔苏拉凝视家族的破败，她是如此的无助与悲伤。或许正如纳兰所言："赌书消得泼茶香，当时只道是寻常。"那满天的夕阳照在曾经奢华的宅院中，染红了她的白发，又染红了谁的眼？

　　那并不是一个孤独的家族，三百年前的姻缘汇聚，促使两个有血缘的人结合在了一起。就在家族渐渐兴盛之时，战争使他们与时代、与世界愈行愈远，战争带来了枯枝败叶，吸走了一个家族的魂魄……这是一个注定百年孤独的家族。

　　一切都是一个循环。乌尔苏拉在她凄苦的日子里对那被遗忘在栗树下的丈夫说："你看看这个空荡荡的家吧，看看我们那些散在世界各个角落的儿女吧，我们又像当初那样只剩你我两个了。"回到当初的，岂止是他们。马孔多从荒芜到繁华最后又归于沉寂，家族昌盛起源的第一人叫奥雷亚诺，而家族最后一人同此名。奥雷亚诺从小围在父亲的炼金室中，在沙场拼搏了大半辈子后，晚年又回到炼金炉边，一条一条地做小金鱼，做好了又熔掉再做……

那个吉普赛老人的出现已经让死亡的怀抱向这个家族张开了。时间翻黄了羊皮卷，破败了庭院，却赶不走诅咒一般的轮回。书中奥雷亚诺与阿尔卡蒂奥两个名字被反复用在家族所有男人的头上，而他们也同样的不羁与轻狂。这或许已经意味着，他们、马孔多，不论经过何种变迁，终归是停滞不前的。

文中有一个很重要的女人——乌尔苏拉，这个家族的起源。她不像丈夫一样痴迷炼金，也不像世代子孙一样冷漠，她是布恩迪亚家族的支柱。那何赛何尔卡蒂奥被枪杀时的血蜿蜿蜒蜒越过马孔多的大街小巷流到她脚下。穷凶极恶的阿尔蒂奥在被枪决时将他的女儿也命名为乌尔苏拉。这个朴素而举足轻重的女人是家族的一切。这或许和作者马尔克斯的妻子梅塞德斯有几分相似，正如马尔克斯所言："如果没有梅塞德斯，我写不出这本书。"马尔克斯在写此书时并没有极好的条件，常常忍饥挨饿，连房租都付不起，正是梅塞德斯的默默支持与想方设法地为他赊来稿纸和生活的种种用品，才使马尔克斯得以一心一意地完成了他一生中最重要的巨著。

乌尔苏拉正是一个类似这样的存在。她是布恩迪亚家族中唯一有血有肉不冰冷的人，也正因如此她比任何人都更孤独。这很像大的社会，真正正常而且有用的人必然得到更多的悲苦，陶潜、王安石、苏曼殊，他们都是在当时不完全被人认可的，那"裂裟点点樱花瓣，半是胭痕半泪痕"不正是最真实、最自然的写照吗？可支撑大梁的雕花木柱注定比虫蚁之躯更快倒下，乌尔苏拉无可奈何的离去便是那悬崖边岌岌可危的房屋发出墙缝开裂的最后一声哀鸣。随后便万劫不复、灰飞烟灭，只余满地如羊皮卷上所说的白蚁彻底结束他们百年的悲凉。

"家族的第一个人被捆在树，最后一个人被蚂蚁吃掉。"那吉普赛老人的预言像诅咒伸出乌黑满是荆棘的藤蔓，覆盖、包裹住那惶恐不安的马孔多，将他侵蚀殆尽。

黄叶萧萧，秋风瑟瑟。乌尔苏拉对着曾捆着她丈夫的栗树哭泣。又是明月，又是一如既往的悲凉，回想那已归于尘土的日子，月似当时，人似当时否？转眼，破败的庭院间只有白蚁源源不断地爬向马孔多……

这或许并不是什么文明的博弈，只是等着时间来验证：一个可怕而伟大的无比精确的预言，一个注定孤独百年的家庭和一个历史停滞的年代。

（原载于《智慧少年》2016 年第 12 期）

以一种深久的不安

笼 艺

方笼最易显其线条之美，用榫卯拼接，方方正正。这时最好不用紫竹，紫竹的深色容易失掉榫头的意味。用浅色竹条可以使纹理变得更明晰，那些不足几毫米的浅黄色竹条竟能如此紧密地与较深色的榫头咬合，如此一比便将圆笼过于内敛的鬼门技术比了下去。板笼用在方笼中也是有些煞风景的，就要用亮格的，敞亮，随处一挂，端庄大方，阳光一照，清风一吹，笼中鸟雀，自然欢声歌唱。就算是个空笼，看了也叫人心生欢喜。

笼 艺

　　曾看到一首诗："打开鸟笼的门，让鸟飞走，把自由还给鸟笼。"深以为然。多少年来，人们只是关注笼中欢声跳跃的雀儿，却忘却了鸟笼本身。

　　鸟笼曾象征着游手好闲。八旗子弟提笼遛鸟的形象早在人们心中留下了不务正业的骂名，槐荫柳下，一群闲极一时的纨绔子弟在鸟鸣中谈天说地，让韶光白白流去。如今，此情此景是不再有了的，可是人们依然赋予了笼子丰富的贬义，"关进笼子""打破笼子"这样的话语总是让人感觉，这被妖魔化的笼子仿佛生来就是一种束缚。但事实不是这样的，笼鸟文化，是玩出来的艺术。笼子中有一种情怀，它象征着清晨沾着露水的悠闲。笼子有它本身的艺术，那是来源于市井的，嘈嘈杂杂的艺术。

　　笼艺中不得不提的一点就是用料。暂不提美观与否，光说沿袭下来的习惯，就少用木条做笼。虽说木料比起竹料有诸多优点，如不易虫蛀，易于雕刻，但木没有竹的韧性，放杯托、站杆的时候易折断。木头厚重，压手，不大方便，做个摆设固然精致，但作为把玩之物，总是欠了点随性。更重要的是，上好的大块木料总是不舍得用来做玩物的，常用些家具的边角料以次充好，底板上的木料总是三拼，甚至四五拼，极大地破坏了美感与整体性，而且越是珍贵的木料越是东拼西凑得残破不已。按说黄杨木、乌木、海黄、酸枝的价值远在竹料之上，但在清代浮夸的风气下都不用木笼来显阔绰，最是讲究场面的清朝大户人家也不会提着木笼出来遛鸟。竹子有退让的智慧，不易折，"任尔东西南北风"，我自岿然不动。而且，经年的好竹，经过反复的使用会由最初的米黄色变为枣红色，时间的沉淀，在它年轻的身上很早就得到了体现。竹子上用手摩挲出的厚厚的包浆，无疑让人一看就心向往之。

说到器型，便又是别有洞天了。方笼最易显其线条之美，用榫卯拼接，方方正正。这时最好不用紫竹，紫竹的深色容易失掉榫头的意味。用浅色竹条可以使纹理变得更明晰，那些不足几毫米的浅黄色竹条竟能如此紧密地与较深色的榫头咬合，如此一比便将圆笼过于内敛的鬼门技术比了下去。板笼用在方笼中也是有些煞风景的，就要用亮格的，敞亮，随处一挂，端庄大方，阳光一照，清风一吹，笼中鸟雀，自然欢声歌唱。就算是个空笼，看了也叫人心生欢喜。

凡是艺术，都要讲究协调。鸟笼就图一顺手，方便。绣眼就该用小笼，小巧秀气。画眉鹩哥理应用大笼，稳重端庄。不然为求敞亮把绣眼文雀之类硬放进画眉笼，不仅竹条间距过大，鸟雀易逃走，而且十分不协调。鸟和笼本来就是一体的，其审美是无法分割的，不论是颜色，还是大小、形状，都不是随意搭配的。赏鸟的同时，谁也避不开瞧着这笼子，哪怕这雀儿嗓音再嘹亮，搁在一个大得不得要领的笼子当中，就仿佛是站在天安门广场上清唱，还说这是不插电，高雅。这都没用，大而无当，什么美感都别谈。

万物总有一点惊人的相似，世风越是凋敝，审美越艳俗繁复，而在昌平盛世中反而讲究收敛。一如明式家具与清式家具，同样是硬木家具，明式的线条简洁、大方、妙不可言，随意一放便自成风情，而清式的仅适合放在养心殿里积灰。雕龙画凤，敦厚，沉重，看似大气，终是末路中装出的外强，细品其心则是中干。笼艺也是如此。单单是细竹条，不加纹饰，不用细细地钿上螺，或是在铜盘和十三太保钩上大下功夫，只要光光的素笼，大方中透着轻盈，简捷里透着气韵，这样的笼，怎么看都不厌，满满的都叫人欢喜。

笼艺，不像是京剧、大鼓一样底蕴深厚的艺术，要正正衣冠，正襟危坐地谈论。其实现如今大多数时候，都是一群穷极无聊的老头用零碎钱，买下一只山雀，匀一个旧鸟笼，给自己冗长的时间找找乐子，不过消遣罢了。哪怕是如今开始盛行的奢靡的风气逐渐浸染了这种纯粹，笼艺说到底也仅是市井图一乐呵，终是玩物，眼看着赏心悦目，摩挲着其乐无穷就是好的。何必用世俗金钱的眼光来衡量本属于内心的东西呢？哪怕一个小蝈蝈笼，只要端端正正，大气朴素，其意便称得上深远。物中的拙趣是品不尽的，琢磨线条交合错杂而形成的体势，一个清冷的下午就变得活色生香了，说到底乐呵乐呵就成了。有雀在笼中是生气，空置一笼悬于门庭，或置于案桌也是别有风情，天下再多的美物也比不上瞅见之后，心头滑过的一丝快意。

现如今，不上七十，秃了顶，颤颤巍巍，穿一汗衫，就不好意思出门遛鸟，仿佛有人冷眼瞅着，冷哼：玩物丧志。那些人仿佛以为笼子仍是该被打破的。可难道打破了笼子，一颗心就可以归了正？大约不是。

清晨的太阳照着，提着笼慢慢走，有人恼着。自己照旧痴乐，这时哪怕提的是个积了灰、断了竹条的破笼子，笼里的雀折了翅，蹦蹦跳跳，大约也会慨然一句："这春光，绝了！"

（原载于《少年博览》2016 年第 9 期）

油　榨

　　那是一条由樟木挖空了髓的油榨，由于长时间没有油的浸泡而开裂，呈现出灰色，空心槽内积满了落叶。

　　做成油榨的树木一人是环抱不来的，木头上有深深浅浅的划痕。我试图想象当年榨油的场景：一定是一个酷热的下午，工人们为了好运力，各用一根粗布带捆着腰，他们呐喊着，一遍遍击打着木楔，挥汗如雨。油茶籽挤压发着吱吱的声响，油顺着木头的纹理，好像血祭一样，一点点漫延，逐渐汇集在一起，滴答一声，落在桶中。一旁的小孩蹦跳着吵嚷起来。一个黝黑的工人在裤子上擦了擦手上的汗，走到桶边，先伸出小指，轻轻点了一下桶中的油，随即笑了起来。直到夜幕降临，那撞击木楔的沉重声响才停息。

　　而如今，这曾经是一个村子的幸福与希望的油榨却停止了工作。在我的老家，曾经也时兴用这种油榨榨油，但只有一位师傅会。后来人不在了，油就不榨了，油榨就扔上后山了，经过了几次大雨，油榨上蹿出了星点的蘑菇。多少技艺，就这样断了。老人说，每当种了油菜，去榨油，面前却只有一架轰鸣的机器的时候，总会怅然若失。而在后山，油榨上的蘑菇越长越旺，葱茏得像是一片白色的森林。而如今这个油榨，也不再有欢快地吵嚷着的油滑过它，不再有无数双期许的眼睛注视着它，在茫茫的世界上，它该是多么孤单。

一直有一首席慕蓉的诗读不懂：用镜子描摹欲望，用时间改写长路的忧伤，用沉默掩埋一生的错愕，用漂泊来彰显故乡。但我现在明白了，只有当人们失去了才会珍惜，才知道它的重要性。但是，唉，即使我们珍惜，即使追悔莫及，它们也不会再回到我们的生活中了。

那油榨孤零零地立在那里，不再有人为它歌唱，它也不再为了有秋风味道的油菜籽而竭尽全力了。

河

　　就像一条河，夜再深，也知道明天的去向。

　　从高高的千丈之上落下，像一块碧玉被打碎、被磨成末，顺着大地的骨骼流下去。一片奔腾的寂静，浪涛千重中最深的寂静，一种与生俱来透着无奈寒意的寂静，它虚张声势地奔腾着，向着它已知的终点。当它们还是天空中无声翻卷的水的时候就已经知道了它们的归处，它们仍未来到世间就知道了它们将度过的一生。

　　一缕一缕的水从石缝间孤独地流过，它们分别的时刻是短暂的，而它们的短别也不能让它们在世上多留一会儿。阳光会让它们再次碎裂，有的继续在河中奔流，有的则在空中翻卷。当它们聚集在一起时，没有可以阻止它们的力量，但当它们独面这个世界时，它们连尘埃都不如，它们只会一碎再碎。

　　一缕一缕的水从宽阔的河道中缓缓流过，没有声息，没有温暖。越深的地方越寒冷，来自内心，不可名状的悲伤。月亮曾在夜中把它那银白的匕首刺进水中，汩汩细流带着与生俱来的哀愁。它表面上载歌载舞，波光粼粼的下面藏着深深的不安，越深处它们悲伤的条纹越清晰，越深处它们的无奈越深情。

水，平静地流淌着，谁也看不见它们消逝的部分。它们源源不断地来，又源源不断地离去，留不下，停不住，仿佛没有存在的痕迹。

河流，平缓地流，终将入海。它那没有悬念没有温暖的一生，它是否曾后悔？后悔明天的流向过早地刻进它的生命？

天坛的一棵古树

　　有一棵古树，默默地立在那里，看着春去秋来，看着明月亏了又圆，圆了又亏。五百年了，它还站在那里。

　　它的树皮已经裂开了，丝丝缕缕的纹理像是女人的青丝，从头顶一直垂到足下。人站在枝繁叶茂的树下抬起头，看不见天空，光影只是透过树叶的缝隙洒在地上，好像是满地的雪又像是一地的落花。鸟雀在枝头跃动，震得细碎的落叶纷纷撒下，落在路人的头上。树干一人多高的地方有一个大的木瘤，或许是一次百年前的伤痛造成的。也许是因为路人总爱伸手摸那木瘤，粗糙的木皮被抚摸得可以反射出阳光的颜色，仿佛是岁月为它细细地涂上了桐油，像是一头油光滑亮的直发在这里被一个爱美的女子挽了起来，卷曲着，缠绕着。

　　它在天坛立了这么多年了，既不像小草一样卑微，也不像那棵九龙柏一样高高在上，它只是静静地走过岁月，伴随着帝王祈福天下。当它看着八国联军而痛断肝肠，它是否会像那个风流天子赵佶一样感叹：“怎不思量？除梦里有时曾去。无据，和梦也，新来不做。"是啊，回到故国只有在梦中了，为什么如今连梦都不做了呢？故国，不是而今它脚下的那哀鸿遍野的土地，而是当年明月下山高水长的赤县神州。故国，故去的气节，故去的情怀。所谓故，就是一去不回。想来树也该是懂得悲苦喜乐的，不然它的树叶为什么会在风中嘤嘤地哭泣？

树，可以长久而美丽地存在，不知有多少帝王渴求人生的岁月像它们的年轮一样一圈一圈地增长，但有谁知道它们的孤独、悲伤？这曾经皇家的树更是孤单得可怕，孤零零地立在帝王家的坛场，夜夜在打更人的梆子声中叹息着又消磨掉它漫长生命中的一天。细细想来，它反而不如村口的老槐树，在小童的嬉闹声中等待归人，不如寺中的柏树，在满院的香雾和佛唱声中系满红绸和满树的期许，甚至不如那墓地中盘虬卧龙的龙柏，好歹还有孤魂野鬼为伴。

有这样一棵树啊，美丽而孤独。

门

　　马未都先生说，如果一个人活 50 岁，那么 100 个人的年纪首尾相连，便可以组成中华的历史。可是，在苍茫的历史中，哪一个人可以留下来向后人诉说历史？只有信仰和技艺创造的东西可留存于世，于是，就让人负责逝去，让物负责记忆。

　　那是一扇祖庙里的门，上面是木雕，下面是画。上面的木雕繁复而美丽。有的人身披战甲，手持兵器，胯下骑着一匹嘶鸣的战马，正在长亭中准备出征，仿佛塞外的风吹打在脸上，耳边响的还是亲人的呼唤，鼻腔中的风就已是塞外的味道；而有的人呢，头挽双抓髻，迈出一条腿，仿佛要抢步上前，抬起左手，伸出二指，仿佛正在诉说着什么，好像是临行前的嘱咐，他的衣襟被风吹得飘起，猎猎作响，可以从衣服的褶皱中看出他的身形。整个画面像是出征前的模样，似乎有情人咏出"古钗封寄玉关秋，天咫尺，人南北"，有志者吟出"但使龙城飞将在，不教胡马度阴山"。回想那时的岁月，光绪年间，天下大乱，似乎这木雕描绘的就是一幅出征的景象。它雕得像是画的一样精美，又比画的更有血有肉，似乎夜晚一降临，他们便会窃窃私语，或是拂一拂、抖一抖袍袖上的尘埃。

　　蹲下身看门上的画，这画可不像是上面的木雕那样一副要厮杀的样子，而有的是一分恬静与文人气。巍峨群山上长着几棵苍翠的松柏，在远远的天边一列飞鸟划破了天空的静谧，山中有一个手持折扇的书生正抬头仰望，真有"月出惊山鸟，时鸣春涧中"的乐与静。而山的另一端就是另一番热闹的景象了，一片亭台楼阁上人头攒动。有的人在拉弓射箭，仿佛能听见霹雳声；有的人在饮酒作乐，划拳行令；还有的人正在一起吟诗作对，书写文章；更有小儿，攀着栏杆，伸长了手，而想爬上树去；还有一个风尘仆仆的老翁，右手牵着一个抱着画卷的孩子，左手提着一盏小灯，正从水波荡漾的池塘旁匆匆走过，一派田园的乐景。在亭子上有三个字草书的"醉翁亭"，原来在这里寻欢作乐的不是别人正是欧阳修，难怪画中的人仙风道骨，一副悠游自在的样子。李白诗云："君不见高堂明镜悲白发，朝如青丝暮成雪。人生得意须尽欢，莫使金樽空对月。"想来文忠公一定觉得李白所言极是，在官场上快意潇洒、千古留名都不过是身后之事，生前一杯烈酒就可以远远抵对。酒是人间失意人仅剩的最珍贵的东西，它可以让人忘记一切，宛如新生。汪国真曾说："能喝的酒醉一天，不能喝的酒醉一生。"只怕欧阳修苍颜白发，颓然于宾客间，醉的并不是酒。

　　一扇晚清的雕花木门，在我面前缓缓开启，看罢了它的精美后，我竟发现，那一刻，打开的不是门，而是前朝的记忆。

（原载于《高中生之友》2016年1-2期）

笼艺

斜阳正在，烟柳断肠处

　　"江畔何人初见月，江月何年初照人？"在幽幽月光的清辉下，深林、疏钟、残荷、落红、余火、犬吠声都纷纷远去，残存于天地间的唯有亘古不变的物。

　　当那些古时的器物再一次与失约多年的月光相遇时，它们已走出了它们的历史。但它们承载着"花落水流红、无语怨东风"的闲愁万种，述说着"却道天凉好个秋"的一生长愁，独品着"春如旧、人空瘦"的一怀愁绪。物是人非，红烛泪残，哪个人的心上不是一剪清秋？

　　我所见的最凄美的器物要数一个紫檀点翠妆奁，它是木中的王侯、禽中的绝代。紫檀的厚重中点缀着几抹盈盈的翠色，似是早春的江南、暗夜的茶峒，那样的高贵、淡雅，如同斜阳中带着水露的新芽，一池秋月中映出的碧天，衬着白雪的火苗，捉摸不定，闪着幽光。那准是一只吟啸于天地，识尽江楼月、杨柳风、西湖雪、嵩山石的翠鸟，不然怎历经百年，依然灵动如初，如耳畔细语、双颊清风的身影？

不过，我情愿，情愿它已在土中，烂得干干净净。一抔净土掩住一生的错愕，就那样普通地死，平静地活，以苏轼"唯愿孩儿鲁且愚"的大智长存世间。生着如村妇一般的模样，如落叶一般的歌嗓，反而可以好好地活，静静地死，而不是空叫后人为它痛断肝肠。

想来那曾用这个妆奁理红妆的女子，也应是它的知音。如此器物，只会存于宫中，而宫中女子不都是夏秋之交的团扇，随时可弃之。她应是个美丽、也曾笑问夫婿画眉深浅入时无的姑娘，也曾笑向檀郎唾红绒的有情人。而最终，第一缕秋风宣告了她的消亡，瘦减了她的沈腰。弃于箱底的合欢扇，孤独地品着沈约病、宋玉愁都不及之的忧伤，曾幻想的月下西厢竟这样便化作了梦里南柯。而她，在最终的最终连她面前的妆奁都不比，她什么都没有留下，她什么都留不下。

器物之所以这样使人悲哀，便是自古以来以病态为美、以娇弱为美的审美。如三寸金莲、支离破碎的哥窑、灵动的红翎，哪个不是用血、用泪、用大把大把的青春曼妙时光换来的？

过了千百年的时光，已是人事全消磨，只有蜡烛空自垂泪，直到天荒。

（原载于《中学生博览》2016 年第 24 期）

等　待

　　从播种等到收获，从鹅黄等到棕黑，从青苦等到醇香，一路等待，只为最终遇见当初的云雾缭绕。

　　成片连天的茶田盖过了山河，湿润的空气滋养如此透彻的绿，叶间凝着雨打的水珠，这肆意的不修边幅的点缀，凭空添上几分柔美。我随手采下一片叶子，送入口中，满是苦涩。

　　山中的雨总是随着性子下，才刚转晴，雨就又与那绿叶碰了面。为了避雨偶然走进一间矮舍，门口堆着那些焦黄的茶叶，屋中传来阵阵清香与沙沙的声响。走进一看，一排一排的竹盘盛着茶叶，摞在一起。陪我们一路的山里人说这是一个做茶的作坊。

　　茶是道，亦是时间。阴冷的房中有一个圆柱形倒放的竹篮，里面是新采的茶叶，正用那湿润的山风与菌类的活动滋养着生命的勃发。作坊里一阵热气扑面，正见一个老人站在一台不停转动的机器面前，不时向机器下面的火炉中加些干柴，老人很淳朴，见了我们先搭话。经他一讲，原来正在烘焙的是刚发酵的茶叶，正在沙沙作响。老人很悠闲地讲着话，我竟担心烘焙的时间是否过长。他却毫不在乎地指指耳朵说：听着呢。过了一会儿，我并未听出与先前有什么差别，而清新却溢得满屋都是。老人跑去倒出一把把已烘焙得干热的茶叶，一点儿不剩地装进一个袋中。在茶叶落下的一瞬间，那种植物汁液被烘出如雨后的清新一般的气息撞进了鼻腔。拿起一片带着余温的叶片含入口中，竟是脆的，一种烘焙后特有的味道，但仍带着苦涩。

老人提着袋子走到一个揉茶的作坊中，先把茶叶挤压成一个整体，再放进一个滚动的机器中，将茶叶中的碎末滚出。在昏黄的白炽灯下，老人仅靠伸手抓出一把茶叶在掌中揉搓几下便知道这个工序是否已完成。巨大锥形的机器被翻了过来，已经看不见有杂质了，可还要再压再揉，一直反复几十遍。在机器不停地轰鸣声中，我见他们默默地坚持，一丝不苟之情浮现在眉宇之间。

茶或许就是等待，要再等待几天，等待茶叶与梗分离，等待几道繁琐的工序，茶才走完它最短的第一段路。

第二段路交给时光和气候。茶叶被封在陶罐中，放入阴冷的房中，要走过十个寂寞的四季，等待了等待，才又重逢山水之间。不知那十年它们和谁相逢，又为谁改变。耐得住寂寞，容得下流年，就把锦绣都融入心中了。

泡上一壶茶，只品得满腹的醇香，热气弥漫，仿佛又从中看见云雾缭绕的青芽的当年。

（原载于《东方少年》杂志 2014 年第 11 期，
并于《文学校园》杂志 2015 年第 3 期上发表）

远去的声音

　　红高粱，黑土地，天蓝如水，云洁似雪。一切仿佛昌盛而繁荣，但对那蹒跚的远去的脚步来讲却是"红衰翠减，苒苒物华休"。

　　那破旧的瓦房中传来的阵阵铜锣声和苍老豪放的歌唱声渐渐地小了。屋中那唱驴皮影的老人抹着脸，一边落泪一边颤抖地唱着他儿时在村中常听的调子了，只是现在那越传越远的唱腔已经成稀罕的绝响。泪珠滴落在地，润湿了一片干涩的土地，渐渐蔓延、慢慢消失……

　　那是东北冬日里一场寂静的演出。几个老人在寥寥数人的注视下，在一间砖瓦房的厨房中临时搭起了幕布。昏黄的灯光下，老人躲在惨白的布后，突兀地唱起了《樊梨花与薛丁山》，沙哑的嗓音配合着灯影中的人物演绎着那沉睡了半个世纪的故事，仿佛在樊梨花凤嘴梨花枪的挥舞下又生龙活虎了起来，一举一动仿佛真的回到唐时那杀气腾腾的豪杰威风凛凛的样子，好像她不会死，会一直活到现在。在一片喧腾的热闹中，幕后的老人已泣不成声，他经得起岁月的千锤百炼，却经不住那纸片般的皮影的一招一式就几乎哽咽。他苍老、瑟缩、双鬓斑白，不禁想问："谁将绿鬓斗霜华。"樊梨花或许可以活到永恒，但是他不能，皮影戏也不能，他们终将在他颤抖的声音中离开，飘忽如梦影，渐渐远去。正如老人落魄的背影，人比黄花瘦。

那是一种与粗犷相悖的产物，用驴皮做出的人物，精致、细腻，经得住一代又一代的唱匠在他们灵巧手指的操纵下走过一个又一个春秋。它只是经不起流年在它沉睡箱底的身上刻下破旧，洒上斑白。而那唱匠洪亮的嗓音也抵不过在岁月尘埃下渐渐寂静，他们就在锣鼓声中走远了，好在谁都没有发现。

大雪，铺天盖地，掩埋了一切声音。皮影戏也沉寂了，却不是因为大雪的尘封，只是时代的轮回已经容不下它了，它注定将在灯红酒绿中被遗忘。可能走的不是它、他们，而是人们前行得太快，它只能在原地，静静地望着"枯枝败叶"带给它的最后一次眺望。

它、他们远去，余韵悠长。

你听见这寂静吗

　　寂静，是海洋深处从未有一丝波澜的地方，是树木根须深处万籁俱静的地方，是小巷内黑暗、寂寞的角落。

　　在人声喧哗的地方，有一堵连路过的肮脏的野狗也不愿意多看一眼的墙，是该拆了的吧。它的脚下是被阳光烤得滚烫的砾石。墙根长着一小缕呜咽着的青草，或许是太阳太炽热，或许是从未有人肯怜悯地为它浇下水，它的脑袋无精打采地耷拉着。墙早已斑驳，曾被人精心用水泥建起的墙，现在衰败地立在风中。一色的墙体也变得斑驳坑洼，偶尔有几只艰难求生的小虫在它的身上爬上爬下，在冒失的阳光的闯入下哪怕是墙角也没有些青苔来添点乐趣。

　　在人声喧闹的地方，这样一堵墙太不起眼，也太过沉寂了。

　　可是在那墙顶的深色斑纹中，我得知也曾有雨露顺着那几近干裂的身体，随着坑洼，一路滑过，直到渐渐隐入同样干涸的石砾中。我听见雨水流下的声音，我还得知那已空的蚁穴中也有过繁荣昌盛啊。蚁群也曾在石砾间、残墙上忙碌，也曾在朝阳中爬出蚁穴觅食，在夕阳中拖着繁忙一天的身体回到巢穴。我听见清晨蚁群踏着露水出穴的足步声，还听见太阳起落的声音，风起云涌的声音，我还听见了残墙向我讲述它的沧桑。

　　我听见了。你也听见这寂静吗？

灼眼的阳光

　　我是一只蟹,一只生活在深深湖底的青乌色的蟹,终日悠闲地吃着水草或挥舞着大钳打斗,我从未离开过湖中,但我向往着陆上的阳光。

　　我喜欢从下至上看着湖面,透过摇荡的水看天上的太阳,我希望终有一日可以体会到那未经冰冷湖水稀释的温暖的阳光。我有的同伴曾被一张大网带上去看太阳,但他们却从未回来。

　　"今年的蟹好啊!""是呀,多捞些上来一定可以赚到钱。"

　　一张大网铺天盖地地罩了下来,我满心欢喜地挤了过去,可别的蟹却逃避似的四面涌开。我跌跌撞撞地冲到了网前,同另外一些幸运儿一起被带了上去。身后的一切快速下降着,水草和那四处涌动的蟹不断变小、模糊、消失。嘿!我看到了太阳,还有我曾仰视的世界。一个巨大的湖面,微风徐来,闪着金光,边际长着像水草样的东西,那么巨大,还有一叶小舟,上边站着两个人,费力地将这大网扯上来。甲板上还有那几乎脱了水费劲儿挣扎的小鱼,那泛着银光的鳞片在太阳的照耀下熠熠生辉。一切随风舞,新奇极了。我鄙夷地看了一眼我曾生活的地方，漆黑得像个无底洞，还有那肮脏的污泥，不过我就要离开这令我唾弃的地方了，我要开始新的生活。

哗啦！所有的蟹被倒入一个小筐子。那人用带着腥味的手擦了擦额上的汗，抬起满是蟹的筐子走向一家餐馆。

我讨厌这个地方，黑乎乎的，还总有那不知趣的爪子划过我的背，打断我对刚刚那美好情形的回忆。我不耐烦地向上顶着，希望冲破那关住了阳光的闸门，可那被死死关上了。我觉得一阵闷热，一路上小篮子一直在颠簸，我头昏脑涨，终于颠簸停止了。一双白皙的手打开了盖子，阳光倾泻进这刚刚被遗忘了的角落。

啊，我又见着那明媚的阳光了，我舞动着大钳子努力挤向上去，不允许别人打扰我享受阳光的时刻。终于我爬到了顶上，看见了所有明亮的来源，那圆盘似的太阳，晕染得天空也透亮般的红。

"这只蟹真是活跃呢！""是啊！""那就它了。"那双白皙的手抓起了一只爬得最高的蟹。

我被抓了起来，被放入一个小圆锅里，一股热浪迎面扑来，一阵灼人的烫。我想逃脱，可好像有什么束缚着我，我无力挣扎。真热啊，一个锅盖自顶上盖下，我动了动大钳子，心想：一定是这阳光太温暖了。

弥留之际，我透过透明的锅盖，看到了依旧明媚的阳光灼人眼球，刺透了我的心脏。

半小时后我出现在路边的废渣中，唯一不同的是如今的我红得像那几将西沉的夕阳。

石中蛙

　　一片绿树的热带雨林，冷冷的池塘边满是泥泞。仲春，正是那田里插秧苗的时节，水缓缓侵蚀着岸边的泥浆，发出巨兽舔水的声响。水下满是一层又一层的落叶，不知浸泡了多久，倒像是不会腐化一般，还保持着当初的颜色。水面偶尔泛起银光，连叶子那细细的脉络都清晰可见。有的阔叶已经呈棕黑色，上面附着一层灰白色的绒毛；有的叶子为咖啡色，残缺不全，似是落下前就被无数的小虫啃咬过；还有叶心还是青色未退的叶子也落在水中。

　　一旁一片石滩，嶙峋的石头大小不一，有那巨树的根须将些许怪石连成了一体。树影婆娑，正映在那石头上，石头下的泥本不牢固，日久便被那潮汐卷出了一个空洞，呈一葫芦形，口狭而中宽，阴冷潮湿，只能从洞口见那斑驳的光点，阳光是穿不进去的。临近水面，引来了不少各式昆虫，那水波在重复地舔着并卷走岸边的一切，将那刚长全腿的小青蛙送上了岸。这蛙可是不可多得的美味，饿了不少时日的蛇早盯上它们了，一时间不知发生何事的蛙便成为蛇的果腹之物，侥幸生还的便仗着身形尚小纷纷隐入石下的间隙中。这石缝浑然天成，任那蛇狡诈万分也终寻不得要领。

那阴暗的洞中正是虫蚤聚集的地方，毫不费力便可捕到不少昆虫，蛙纷纷寻得类似的所在。这些蛙一开始还偶尔出洞跳跳，可时间一长便发现外面阳光强烈，又常有鬼魅般的蛇四处伏击，洞中食物颇丰，大的天敌也进不去，何必出来担惊呢。于是日复一日，连那石头的边缘都生出了一层厚厚的苔藓，任阳光再猛烈透过，那厚实的岩壁也还存丝丝凉意。那蛙日夜不曾动过，张口便可捕虫，故生得肥硕异常，因终日不见阳光，背上的皮肤也是同石头一样的深褐色。

如今，那细小的石缝已经容不得它进出了，它虽活得安安稳稳，但却作茧自缚，又不能幻化成蝶，只能在那小石洞里，终其一生。

数月后，又一只小蛙跳进了那石洞，洞中的老蛙早被虫子分食得干干净净，小蛙似乎寻得了避难所，舒舒服服地认此处为巢窝，却不知这一进便再也出不去了。这石洞又开始了它的死循环。

一年后，五年后，十年后……那石洞仍张着嘴，等待着下一个惊慌的来访者。

水的力量

　　水，向来是最柔软、最软弱的。它没有形状，哪怕你打碎了它的平静，它也只是身躯荡漾几下便又如镜面一般了。而在这里水却成了刀，比石更硬的刀。

　　龙宫洞，石头仿佛变柔软了。经过两亿四千年水的打磨，它们像绸缎一样可以随意地展现各种各样的姿态。从两亿多年前，当这座山渐渐从海底升起时，水便耐心地开始为它雕刻了。每当山向上升起一点，海浪便轻轻地抚摸岩石，夜以继日，留下了一道道深深的刻纹。当石头终于从海中升起时，上面满是波纹，竟像是将海的波涛纹在身上，这是它来自大海的标记。

　　从寒武纪开始，水真正开始使一座石山有灵性了。水滴一滴滴落下，洞顶长出了白须；水一滴滴落下，地上长出了石笋。它们花上七八十年只为了长一厘米，短短的几米它们需要走几千几百个春秋。它们就相互望着，不紧不慢地长着，等到它们终于像牛郎织女一样在它们自己架起的石桥碰面的时候，回首才发现它们已走过了千万年的时光。而它们的出生只不过是源于一滴流过石灰岩层的水，满载矿物质，又流到石顶，终于不堪重负，"啪"的一声落在了地上。就这样一个偶然的机会却让它们缓慢地花了亿万年来丈量光阴。

水使石长出了胡须，既像是枯萎了的朵朵雏菊，又像是海中畅游的水母群。水使石长出了峰峦，像是一座藏在山中的山，重岩叠嶂，错落有致，怪石嶙峋。这难道真的是水的杰作？不是，这是时光的杰作，是时光也只有时光才能使水由无形变为有形，使坚石变为水中最柔软的水草。时光能让天地万物变了模样，山可以无棱，天地可以一体。流光不仅仅把人抛，不仅仅红了樱桃，绿了芭蕉，时光可以使天地万物反转，使来生变为前世，新人变作地心深处的枯骨。没有任何事物可以妄想得到永恒。曾记得有人说过："永恒，只比时间多一秒。"永恒就是无限地趋近时间，但永远比时间多那么一点儿，当时间走向垂暮的尽头，永恒才迎来它的新生。

走出五光十色的龙宫洞，觉得要为自己珍重，为时光珍重，即使谁都无法看见永恒，但谁知时光会将我们变做什么模样。

灵

那张脸皲裂的白瓷猫幽怨而炯炯地望着我。那镂空的眼睛，眼角上扬着，阴恻恻、笑盈盈地眯成一条细缝，一道青铜色的线条描摹着眼廓，有了生命一般在光影交错下闪动着光芒。

那是在威尼斯所见的面具。这个老城中，对那被海水冲蚀得残缺、绿苔爬上铜门环此类来说，那新街旧巷所呈现的各式各样的古老而怪异的面具真是惊艳之致。面具是早年贵族奢华的产物，流传至今日便已是分外的神秘与奇特。

我所见最爱不释手的是一个猫脸的面具。仿佛十分陈旧与脆弱，整张脸遍布细密的裂纹，每条或粗或细的凹陷间都填充着铜色的不知其名的物体，好像是不切实际的岁月留下的雕琢。鼻间是粗线所编织出的紧密，镀过一层青铜色的叶状织物向面颊伸展，正中央缀着一颗如宝石般晶莹剔透的珠子，与古旧、黯陈的一切格格不入，也正因此而分外耀目，为颓唐、死寂的一切添了光彩，多了几分鲜活。脸颊上的编织图式十分繁复，最上面是一层如小帘般由十七个线团联结在一起，下面是一朵倒放的花。花的叶子极力卷曲着向内回缩，而花的一半被叶子遮去了，那好像是向日葵，但不是普通花朵的娇柔的样子，而是长得十分壮硕，甚至有几分粗犷，一并来看也是美的。额上是形似一把巨大钥匙的装饰物，或许与宗教信仰有着些许关联。钥匙的尖端正好垂在眉心，向上是一小对对称的扇形装饰，交合的中心是镂空的呈三片落叶的形状。最上方是一个横放的长长椭圆形，而下面的一片落叶正好穿过它中心的下方，仿佛是鼻子。而它的两侧有两处狭长、末端下垂的镂空，拿远了细看好像又是一张面具。那粗麻线编成的面容很有线条感，但也像一道道纵横的深深皱纹一样，仿佛是一个很苍老、很苍老的人，十分疲倦，有几分瘆人。它那一双悲伤的眼睛冷冷地望着头顶，好像见过世间所有的悲哀。

全观整个面具，十分精美，每一个角落都透着猫儿身上的灵性与妖气，仿古的色泽与纹理使它显得并不过分的奢华与俗气，给人一种扑面的真实，仿佛裂开的花纹一剥落，里面就会出现一张活生生的猫脸，还呼出热气，一下一下喷在脸上。

总感觉那面具是有呼吸的，在那华美的外表下或许真的有生命。选择放弃灵魂但永恒的存在，缄默地成为饰物，只是那狭长的眼睛越来越低垂。

荷

清晨，露水仍未干尽，在尚且柔和的阳光下，荷花的清香便飘散出来。

荷，向来是高雅的，虽没有梅的香自苦寒来，也没有竹的宁折不屈，却有一种纯净、安详。

远望池中成片的荷花，在水面折射的阳光与蓬勃的荷叶映衬下，显得分外妩媚。各色的花竞相绽放，有的在茂盛的荷叶遮掩下若隐若现，仿佛是犹抱琵琶半遮面一般的羞涩；有的是伸长脖子长去，十分高调地绽放。

船向前行，湖水荡漾了起来。耀眼的阳光照射在水面上，岂是波光粼粼就可形容得了的！这阳光从荷花的底部向上折射，竟有了几分和煦，这使本来就万分娇嫩的荷花更加娇美。细看湖内，倒是没有鱼戏荷叶间的灵动，却不时有鸟在天空中划过一条曲线。鸟儿扑棱着翅，站在荷叶上，荷叶便一下子向下沉去，几乎是要滑入水中了，那鸟便抖抖羽毛，脚下用力一蹬便又飞上了天，顿时水花四溅，荷叶也猛地弹了上去，水珠散落在荷叶上，荷叶只是摇动几下，一切便又归于平静，只有掉落在湖面的小舟似的荷花花瓣仍在微微摇摆。

细看荷花，不论花瓣的尖端红得多艳，花瓣的底部却总是白得不存一丝尘埃，向花瓣上方一点点一点点地望去，渐渐有了些许颜色，再向上便愈发的浓了，越来越浓，越来越深，像是一潭深不见底的水，又像是天边一抹夕阳上的色泽。水的滋养让荷花显得十分饱满，连花瓣的脉络都看得清清楚楚，在荷叶的映衬下显得娇嫩欲滴。炫目的荷花旁是有些不起眼的莲蓬，都还十分娇小，虽然比不上荷花的出众，却绿得青翠。

船走远了，荷花渐小，不变的是它的清香。

并不是很久以前
——梅林一村印象记

　　竹棍敲击着地面，发出"笃笃笃……"的声响，一个盲老人，一小步一小步地摇晃在砖路上，绕过那一块块石头、片片竹林，在那我闭着眼也可以走的鹅卵石小道旁坐下，听竹唱听鸟鸣。

　　那并不是很久以前。

　　月影散下，碎了满地，映着竹影闪着皎洁的光。人影忽然地盖过一切，踩着满地碎石，毫不怜惜地扯下掩着跃上苔绿的巨石的阔叶上的蜗牛，满满地攥着手跃上石头，一步一步地跳过去，仿佛干涸已久的碎石河床上真的有流水一般。穿过四方小亭，昏黄的灯光映着爬得满亭都是的爬山虎，已分不清这小亭到底是葱茏的绿影还是斑驳的红墙。人影打破了夜的静谧，不解风情般叫着跑远了去。

　　花瓣散了几度，落得满亭、满地全是，橙色的花瓣才刚打开就已落地化泥，远远地望去，不知花是开在树藤上，还是开在了地上。每年七月初就是这花开放的时节，常是一阵遥远的欢笑，风卷残云般掠过花海，不多时便已是满地的落花。

那持着竹杖的老人摇摆着走到亭下，在地上摸索着，宛若怜惜似的拾起一朵落花，细细地放在手中，手颤抖地抚摸过每一丝脉络，那从前总是呆滞的脸上如今似乎是满满的柔情。久之，抬起脸，任那灼人的阳光肆意停留在脸上，他默默地扬了扬嘴角。

又是一个夏，手中花茎上的蜜似乎甜过一切。

如果，生如夏花，那么它们永远绽放在不久之前。

地上的花或垂着头的败枝都已发黄，无需火烧就成了灰，在风中扬了开来，迷了双眼。我寻着那旧日的竹林，彷徨着转了几道弯，才明白竹林犹在，却不再是他们摸过的每一片嫩叶。踏过那些没人知道的土地，遥不可及的云彩不过就是解闷的同伴。这里是他们发现的宝藏，他们的乐土。

村口的大榕树，年纪几乎和村子一般长，须根承受风舞动摇落了一地的虫鸣，它是绝不吝啬给炽热的人们挪出一块阴影的，它是绝不介意站在村口为谁而守望着的。叶落了又长，花开了又谢，一旁的一排木棉花火红地点燃了天边的夕阳，一片光辉中榕树威严地染上了青光。这是它的土地，它的世世代代。

这儿到底是谁的村，到底有多少故事在一杯茶间弥漫天际、履过大地。孩童终归了家，一局棋任是从岁月青葱下到耄耋之年，那芭蕉直到扇得只剩骨架，风烟之语也终消逝在天涯，村子只有自己守着自己，村中一切都淡了，一厢情愿地守望到头来谁也不是谁的归人。

大约有一天村子伴着自己的影子，一步步走向苍老走向衰败。它不是谁的村子，只是自己的归宿，独自天荒独自地老，在又是一度的蝉虫欢鸣间。

铃之籁

那叮叮咚咚的声响绝不是来自我们周围的，那一定是浩瀚的宇宙深处一个个伟大的星球诞生所发出的回响。在茫茫星海中传了百十来年，最终在铁力士雪山下的牛铃铛里驻了足，大约是渴慕那清凉大地上的淳朴与自然的气息，于是终日在牛脖子上一摇一荡地发出了摄魂一般空灵回旋的声响。

脚下是苍绿的牧场，头顶是皑皑的白雪。当我坐在铁力士的缆车上，眼前就是如此的光景。牧场上零星地站立着几座矮旧的小木屋，有的木屋墙壁仿佛能透进一条一条的光束，一般用木条间隔着，剩下的全是成片连天绿毯般的浓密绿草地。草最绿、最茂盛的地方总会聚集着牛群，不过是二三十头聚在一起，每当经过，它们的上空就会听见那奇异、交杂的铃声。

那铃声不同于普通小铃铛振荡发出的细小、尖锐的空响，而是一种很厚重、很深沉的巨大铁器撞击声，但不失灵性地发出天籁般的声响。那不是一头牛、两头牛所能企及的动静，那是几十头牛一起所发出的回响，夹杂着风声、树声和远处别的牛群所发出的轻轻的铃声，一起在草木间回旋，在高山中共鸣，在上空听起来仿佛是古老的歌谣与咒语一般动人心魄叮叮作响。

那声音并不是统一而单调的一种音色的振动，每个牛铃都是不尽相同的。有的是在牛犊子轻快、敏捷的步伐下，随着它好奇地嗅着绿草地上的露水或凝视草木的动摆，小铃铛时断时续地发出或轻或重的清脆的声响。而那成了年的壮牛的动静就又有不同了，牛铃是金属的，有一个巴掌的大小，随着坚实的步调，平稳而悠长地发出空灵的回响。那有些干涩、迟缓的铃音，是已步入暮年的老牛发出的，它们已熟悉这里的一草一木，对它们而言懒洋洋地走几步，再卧在柔软的草毯上叫山风抚遍全身，也吹得那经过雨打日晒的已经锈得单薄的铃铛发出若有若无的沧桑声响便是一天的所有。就这样，各式各样的铃音交杂着，唱和着，仿佛是一曲气势磅礴的交响曲，辉煌地在山间奏响，在雪山的映衬下无比高洁、纯净……

渐渐地走远了去，却回不过神来。该不是误闯了蓬莱，听见的是天女在弹奏的乐曲？人间哪里会有如此震慑人心的声响呢？

千百年前一次无数物质的结合、撞击、轰鸣，传播了千百亿光年，最终汇聚在了一次牛铃的摇荡上，邈邈余音，终日回旋不散，仿佛是宇宙的啜嚅、万古的召唤。

☆本文被江西省教育厅评为 2015 年"新蕾杯"全省中小学师生优秀教育期刊读刊用刊活动高中组一等奖

笼
艺

岂止朝朝暮暮

　　一片云雾中，若隐若现的几块巨石在阳光的照射下熠熠生辉，在其之下，一条蜿蜒如细长丝带般的河流流露出几分妩媚，使群山显得更为雄伟，也只有丹霞山才有这般风光吧。

　　一束斜阳穿过云层，穿过迷雾，肆意地照在有些斑驳、风化的巨石上。它们形态各异但都展现出庄严与磅礴之势，顶天立地。以绿树为装饰，高不可攀的彩云不过是它们腰间的洁白衣裙。在群石上，有的地方红如朱砂，成片成篇，绿树与红石相辉映，别有一番风味。而有些地方已如黑煤，在成片的红石间，好像是谁一不小心洒下些许墨汁向下流去，又在慌乱之间于山脚之下，把它涂抹成一片。

　　坐船，缓缓来到一块巨石的脚下，映在水中的波纹好像又增添了几分威武。阳光从水面折向巨石，使本身就散发着红光的巨石更加耀眼夺目。有些地方，有水常年流下，似乎从未断过，以至于水经过的地方都长些青苔。而这潺潺水流却不知是从何而来，只看见从巨石高处时隐时现，萦绕着低矮的灌木，向下流去，愈发显得有魅力了。

　　走到巨石前，轻叩这有些粗糙的表面，这千万年前就矗立在这里的巨石，向我展现无言的沧桑。那有些乌黑的石块不知经过了多少的风雨洗礼，才成为这样。那鲜红的岩石上的条条痕迹，不知是水流在上面不知疲倦地流淌了多少年才有一条浅浅的凹陷，红色的岩层又是多少次发黑的表层脱落才有些起伏不平，最底下有些像贝壳磨成的沙砾，想必在远古时候，一定有鱼儿在上面畅游吧！

　　看着这宏伟的景象，我不禁感叹，任何最美丽最奇特的事物一定是一点一滴积累而成，不计时日，不辞辛劳，也不忽略任何一滴水珠，正是夜以继日的努力，才塑造出了如此的石像。它们上面的每一道看似无意的痕迹，又是风吹雨打多久才变得如此栩栩如生？千万年前一片毫无姿态的石头成为今天的模样，岂止朝朝暮暮！

　　渐渐远去，忘不了的是它们的沧桑。

景泰蓝之缘

　　我小心地拿起柜子中战象模样的景泰蓝，细心地擦去灰尘，但总感觉有抹不去的陈旧。我仔细地看着它那伤痕累累的全身，似乎回到了远古时代。

　　它的全身呈墨绿色，高仰的象鼻上绕着圈圈金线，好像是兴高采烈的村民们为凯旋的英雄而准备的，丝毫不掩盖大败敌人的喜悦。在象鼻末端有两朵大花，红、蓝和黄交错着，显得十分绚丽，但又不失朴实，像是用它的鲜血与汗水涂成的，又像是一个顽皮的小孩为它绘上的，还像是技艺高超的画家雕成的。

　　我的目光又落到它那锋利而粗长的金黄的象牙上，颜色已有些掉落了，但仍看得出曾是令它引以为豪的武器，那锐利的象牙像一柄匕首，使敌人望而生畏，又像水中蛟龙，在敌群中挥舞翻飞。

　　再看着它那对扇形的耳朵，我似乎已经感觉到呼呼扇出的一阵一阵的清风，大耳下的炯炯有神的大眼，似乎也正在庄重而严肃地盯着我。

　　最引人注目的，就数它那四条立柱一般的腿了。每条腿上都有八个花瓣形的符号，令我十分迷惑，于是我猜想，这也许是为了使人与象分清敌我的标记吧？这四条粗壮结实的腿，一定在战场上发挥了不少功劳，踩敌、杀敌，令敌人闻风丧胆。

再就是它身上的微微破旧的象鞍，上面有些不平整，也许是曾经留下的弹洞吧。这上面一定曾坐着一名英武的战士，与战象一起深入敌中，浴血搏杀！这上面一定曾坐着一名统领大军的将军，高高在上地指挥战士杀敌！这上面一定曾坐着一个不同寻常的人，与它一起带领着战士向前，再向前……

我轻轻叩击战象的身体，似乎传来凯旋的战士铿锵的足音，正慢慢向远处走去……

遇 见

那天，我遇见那干燥得充斥毛孔的土楼，遇见温婉的水乡，遇见带着滚烫清香的茶叶，也遇见雨打芽尖的鹅黄。

遇　见

　　那天，我遇见那干燥得充斥毛孔的土楼，遇见温婉的水乡，遇见带着滚烫清香的茶叶，也遇见雨打芽尖的鹅黄。

　　转过那曲曲折折的溪流，等那站在溪中石尖的大鹅抖干了身上的水，扭扭身子蹲了下去，等那一排绿荫下的鸟儿唱尽了欢歌，等那百转千回的崎岖石板道染上了绿，就见到了静静伫立了百年的围屋。

　　雨水顺着土楼的沟壑流下，润湿了墙角的绿苔。抬头仰望，没有雕花的飞檐，没有气派的拱顶，只是泥，满目的沉默的黄泥，却比那金顶、琉璃站立得更久远，那简朴甚至粗糙的泥墙未曾落下过一点土星儿。走入其中，石板地的缝隙间歪歪扭扭地长着野草，却一行一行、一列一列长得兴起。圆形围院的一旁有一口深井，有个老人，提着水桶拎着麻绳在打水，绳牵着桶，左右晃动，桶猛地下了水，打破那映着井壁青苔的镜面般的水，满满当当地提了上来。井边是一片残墙，散落的砖瓦间有零星的原木条，雨打风吹都冒出了细小的白芽，冒出了铜锈般的墨绿。

再向上便是二层，圆柱状木条做的横梁，一片青砖的屋檐，庄严厚重，很难想象那单薄的瓦片、易朽的原木承载了三百年的沉厚。低下头，那隔间中是粮仓，领着我们的山里人说那里面现在放茶，家家都自己做茶，总选最好的春茶、冬茶存封在坛中，它们要在这干冷的地方等上十年甚至更久，忍过那无尽的寂寥与苦涩才沉淀下甘甜与荡气回肠的醇香，才遇见清风，遇见流水，遇见此时的我。

最高一层是住人的地方。每家门口都有一盏灯，并不用来照明，而是每天夜里家中人到齐了才吹灭，只要有一人未归便一直亮着，楼下的大门就会一直开着。透过窗看那一间间小屋，不过一二十平方，当年却住了一代、两代甚至三代的人。领着我们的人回到儿时居所，摸着墙壁，看着木门，拾起角落的一筐红薯咧嘴笑了。我摸着那红残墨缺的旧楹联，发现那墙比起第一层的张开双手才围住的墙已薄了一大截。那人说："这是智慧，这样的房子更稳。"我问："是泥加蛋清建起来的吗？"他带着笑看我说："那时连饭都吃不饱，是靠智慧用简单廉价的材料做最稳最薄的壁。"

走出土楼，回望那如一个村落般的土楼围屋。它使不相识的人们同居于一个屋下，更包容更凝聚，使人们也像土楼般互助，永立不倒……扭头，便是满山茶树，一排排的梯田正长着叶芽冒着绿意。

那天，我遇见锦绣，遇见流年，遇见红残墨缺的楹联，遇见厚重的历史，遇见仓中的沉寂，也遇见不朽的曾经。

（原载于《初中生之友》2015 年 12 期）

虎穴寺

夕阳照在削尖的山顶上，把漫天的小雪花照得透亮，瀑布上的一道彩虹被映成赤色，峭壁上的宝殿似乎镀上金箔。夕阳，在这里找到了故乡。

初进寺时，太阳将一道道灼人的目光从云间小心翼翼地投出，窥视着这梦境中的不丹。笼罩在迷雾中的虎穴寺恢宏壮阔，这分明不是用手筑造的，而是用笃定的虔诚筑造的。这是一个时代、一个国家的信仰的栖身之所。

在莲花生大师曾修行的洞口，一个身穿红色袈裟的老喇嘛，静静地坐在蒲团上，目光追着一缕清风在窗外的远山上游荡。来了人，也不急着站起来，缓缓地拂了拂腿上那不曾落下的灰，面带笑意地等人们敬了佛，把用银制的以孔雀毛为瓶盖儿的法器拿起来，滴一两滴用清晨采下的草叶浸泡、加持过的圣水到信徒手上。信徒抿上一小口，沁人心脾的清新和冰凉，手心中剩下的一点就小心地一滴一滴地滴在头上——最神圣的地方，还要用湿润的手涂抹发梢，反正是一丝一毫都不可浪费的。老喇嘛又回身捧起一把供在佛前的不丹传统食物，信徒们虔诚地吃下这混着藏香味道的供物。一只肥硕的黄猫，贪图蒲团上老喇嘛身体的余温，就趴在蒲团上，半眯着细长的眼角，似睡非睡。老喇嘛也不恼，退步坐在冰冷的窗台上，目光安详地望着那被暖洋洋的佛光普照着的猫儿。

继续向上走，是最古老的殿，几场大火都没有伤害它那温婉流转的眼眉。雕梁画栋上，斑驳的颜料描画着不朽的灵魂，我不相信这是出自一个匠人之手。这是用天地丹青、古今信仰以有形着笔、无穷作题的纹饰。

顺着山势走着，一间低矮的小屋，里面烟火缭绕。屋里点着千百盏酥油灯，小的不过一掌大，青光如豆，大的有半人高，火光飞舞。身旁的不丹人在门口的方向点起了十盏灯，为了他往生一年的父亲。那是一个黑瘦矮小的男人。他窘迫地挪动着铜盏，躲避着从门口刮来的寒风。手中的火烛被寒风吹灭了，他就眯起眼睛，伸长了脖子，提着肘，口中念念有词地把烛伸到灯着点着，用一只手护着，慢慢地缩回另一只手。他身上的披肩松垮了，悬在身上，扫过焰苗时冒出一小缕白烟，洁白的布上出现一个小黑点，缓缓漫延，从针眼大小变得有一指粗细，并伴随着细小的燃烧声，他也浑然不觉。点好了灯，他退回门口，诵读了一段我听不懂的宗卡。但从他的目光中我可以看见庄严的笃定和眼中闪烁的怀念。他厚实低沉的声音在小屋中久久地回荡，火苗也随之一震一跳。诵完经，他沉默地站了片刻，突然掩面伏地，长跪不起，屋中只有长长的沉寂。

出了门去，天上竟飘起了小雪，在这初春的下午，恐怕只有这样的深山才会落一场不合时宜的雪——毕竟，背弃了冬的怀抱，雪是美丽而易碎的。而它执意地落，飘荡在空中，一落下便化作了水滴，如一场洗礼。白茫茫的一片，寺院不见了，群山不见了，飞瀑不见了，陡崖不见了，此刻唯有自己无比清晰。雪下不多时，太阳便匆匆地把它们召了回去，天地又明晰起来。泥污都被冲洗掉了，看得见的，看不见的。

夕阳安详地照拂着这宁静的土地，一如几千年来的日夜。水从角檐一滴滴地打在草尖上，草儿一次次地在残阳似染的红霞中向天地谦卑地鞠着躬。随着夕阳逐渐隐入黑暗的虎穴寺，用沉默回着大礼。

小孤山游记

从长江上遥遥地望去，有一座孤岛——小孤山，冷清地、孑然地兀立在波涛滚滚的长江上。

小孤山立在长江中，已有二三百万年了。从距今一千多年起小孤山上开始有香火。而今，它仍立在那里，仍与彭郎矶遥遥相对。

明朝谢缙诗云："半空岩石架高台，过客登临此处来。"而五六百年后的今天，这里仍旧是山势陡峭，沿着七十多坡度的台阶，攀着铁链一路爬上去。这弹丸之地实在是没有地方来修一条宽大的路了，但知难而上的香客们仍旧熙熙攘攘地填满了山路，只为一睹启秀寺和小姑庙中的小姑娘娘。

传说中小孤山是由投江殉情的小姑化作的，而她的意中人彭郎也化作可望而不可及的彭郎矶，于是小孤山上供起了小姑娘娘。上到主殿中，询问僧人，得知这里建于唐，兴于宋，衰于半个世纪前。那时的肉身菩萨被红卫兵扔进了滚滚的长江中，一瞬间便被吞噬得干干净净，无影无踪，后人数次打捞再也找不回了。一千年的文化，十几代的信仰和传承便随江水而逝。"佩玉尚闻仙子去，乘鸾疑见女郎回。"或许小姑可以一席绸衣重返红尘，但佛像早在江水中化作无形。

香烛烤热了空气，阳光下热浪的影子竟也是可以看见的，像是经殿的香雾，云烟氤氲。屋檐上垂下来一条吐着丝的虫子，扭动，绕圈，在风中摇摇欲坠，它的背后是汹涌的长江，千重波涛。

山的顶端有一座梳妆亭，传说是小姑娘娘对镜理红装的地方，当年的小姑是怀着多么喜悦的心情梳理她长长的云般鬓发，想着彭郎，想着她年轻生命的未来。所以现在每个上梳妆亭拜祭小姑娘娘的人都会在窗前驻足，像她当年一样地梳头。走下了梳妆亭，在亭旁看见了一棵梭罗树，它已经生长了五百年，山上的亭台楼阁倒了又建，只有它一直无声地注视着岁月的变迁。回望亭台，屋顶上长满荒草，极目远望，山上怪石嶙峋，怪石上也长着同样嶙峋的树。

一路颤抖着双膝下山，所扶的铁链上挂满了写着心愿的锁，仿佛这样小姑娘娘便可照拂他们。在一处角落，发现一条绵延数米的树根，竟像是瀑布一般，不由得要感叹这树根也像这庙一样会在夹缝中求生了。庙的建筑就是如此，墙镶嵌在岩石中，岩石也镶嵌在墙中，相互退让，委曲求全地存在。

走下石阶，回望小孤山，见有山联："江山峰青，曲终人见。"这真是世上最好的情境了，没有"花自飘零水自流"的悲寂，也许小孤山有一天真的会与彭郎矶相会。

寂静在唱歌

　　松树在风中微微地摆动，传出一股淡淡的香味。那树的阵阵摆动把这清香搅散了，一丝抛在田野上未收尽的麦秆上，一缕放在庙宇耸起的尖顶上，还有一小股，飘飘荡荡，流到了一面猎猎作响的经幡上。

　　到克楚寺要穿过一个小村子，村子里的人不多，有大片大片的田野，金黄的，一眼是望不尽的。远远地，还没有进村子，传来了阵阵小孩子的玩闹声，曲曲折折从不丹民居的缝隙中传来，像是一只只鸽子在喷泉中抖着羽毛，啄着水珠。除了这一片快乐的声音，还有田野高地上经幡相互拍打传来的低语。在这种最深的寂静中，天空中连最薄的不成片的云都无声地翻卷，生怕惊扰到这静谧的土地。在这片土地上只许那阵肆无忌惮、惊起了飞鸟、吓得鸣虫都缄口不语的欢闹声可以回响，不仅一点儿都没有扰到这沉寂的心，相反，这里的寂静更妙了。我都可以听见，它为了藏住心中的咕咕笑声而使胸脯一起一伏地忍住笑意，这样的动静扰动了一团凝结在墙脚的空气。我听见空气相互摩擦发出的咝咝声，听见那小小的浮动撞在满是纹饰的黄土墙上翻滚了几圈，滚落在满是松针的地上，发出了小小的啜泣。

　　散落的松针上传来了一阵窸窣声，这个声音可不是来自于寂静的世界的，我的心里犹豫了一阵，想听听这是不是从欢乐的世界中传来的。侧耳一听，也不是。我疑惑地抬头，只见一个穿着旗拉的小女孩孤零零地、笔直地站在松树旁，小脸黑黑的，头发被汗水湿成一绺一绺的。她的旗拉是藏青色上衣和格子纹的袍子，松松地套在她的身上。看得出为了这一身衣服她是不会和别的孩子一样在田里疯闹的，所以寂静里没有她的寂静，喧闹里没有她的喧闹，她在寂静中高歌，在喧闹中紧闭着嘴角。她看见了我，嘴角咧出一个大大的笑。她伸出手和我握了握，她的手软软的、黏黏的，有一股松树的味道。我拿出几颗早准备的糖，放在她手中，她的手太小，糖像是雨天打落在荷叶上的水珠滚散了。她忙蹲下去捡，还是腼腆的样子，还要小心着不踩到她的长裙子。她捧着糖站起来，使劲笑。她不说话，只是无声地笑，笑得脸像一个红透的苹果。我也嘻嘻笑着回礼。她突然想起什么似的在口袋里翻找着，小心地攥着个东西，不松不紧地攥着。她护着她的宝贝，把手伸到面前，把手指慢慢打开，原来是一小截松枝！就在她旁边，满树都是的那种松枝。她把手伸到我面前，还是不说话，只是笑。这是她送给我的礼物，她的宝贝，我接了过来。这松枝也是黏黏的，有些蔫了，我漫不经心地把它用拇指和食指捻着，朝她咧咧嘴。她高兴地拼命点着头。我带着些迟疑，扭头走了。毕竟前边还有一段长路呢，而且我迫不及待要投进寂静的怀抱了。我快步走到小路的尽头，又回头看了看，那女孩还望着我的方向，见我回头，她忙腾空一只捧着糖的手使劲挥着，脸都涨红了。我半举起手，轻轻地摇摆几下，像一棵稗子在风中的摇晃。而这时却突然传来她尖细的嗓音，她用有浓重乡音的英语说祝我好运。原来她不肯开口是怕我们这些异乡人听不懂的乡音啊。我高兴极了，使劲地踮脚望向她，听她还在喊些什么，但我脚旁的草丛中一窝虫子鸣叫起来，淹没了她尖细的嗓音。

走进田野，一切又静了下来。但我现在并不爱这静了，那固然美丽，可那一颗腼腆的心忘记羞愧的叫嚷，带着乡音的祝福，一个明媚的身影却是再好不过的。我心里想我要赶快赶路，说不定回来还能遇上她，我要把她送我的松枝夹在书里，好时不时拿出来看一看，闻一闻那阳光烤灼的清香。

她既不属于寂静也不属于喧闹，她只知道笑，但她的笑比寂静更寂静，比喧闹更喧闹。

日 暮

在我的眼中，小乡村里什么都是美好的，这是平和、悠闲的美，而最动人心魄的景，想起来就只有小村的日暮了。

现在正是初夏，还没有热起来，稻田里还是青翠，只有一些早熟的水稻长成了金黄的一片。

太阳在远处的一片树林中隐去了踪影，映红了那一边的蓝天。天空呈现一种特殊的玫紫色，那被风随手扯成几片的薄云边缘发散着淡淡的金色，而远离落日的天空却仍是蓝色的，玫紫色、金色、蓝色，混合在同一幅画卷中。天边有一片白云，正是一条游鱼的形状，被太阳的余晖染成了红色，仿佛一条在烈火中游动的鱼，脱离了从前赖以为生的水，如今在火焰中生存反而更多姿更绚丽。想必也只有在天空中才能欣赏到如此绮丽的景象。仿佛是大胆的画家重重地抬笔落手，这儿一抹，那儿一涂，画出了一片色彩斑斓的天空。

而天空下是一片充满绿意的稻田，水在禾苗下缓缓地流动。不远处有一头老黄牛，正不紧不慢地嚼着田间的草，吃饱了喝足了，就心满意足地趴下，欢快地叫几声，等待着主人踏着田埂发出喀喀声来牵它回棚。牛棚旁是鸡窝，零零散散地散落在村中各处的鸡，一如早起打鸣一样准时地回到窝中，有的也正若无其事、悠闲自在地刨着沙子。

在房屋的大门前有一小片鱼塘，鱼塘旁种着高高的植物，现在对着太阳只能看见一排高高的黑影，还有在阳光照射下分外显眼的一条小水泥道，大约在水泥仍未干时一只玩心颇重的鸡在上边跳了一段单人的舞曲，在路上留下一排深深浅浅的脚印，在雨后积了些水，现在，在太阳的余晖中仿佛一朵朵绽放在阳光中的花朵，留下阳光最后的倩影。透过间隙可以看见水面不时闪动着金光，而别的一切除了黑影都黯淡无光，仿佛刚才那一幅五彩画卷被收了回去，只留下一张黑白的老照片，一切都是静谧、祥和的。

太阳终于顺着老房子墙上那一条狭长的缝隙一直落到了地平线以下，小村中夜晚美好的梦也要开始了。

小乔墓

　　在岳阳楼的后面，有一片僻静的地方，与其说僻静，不如说是荒凉。比起岳阳楼上的游人如织，这里可谓是冷冷清清，这儿有个名字，叫小乔墓。

　　一进门，就看见一面墙上刻着："遥想公瑾当年，小乔初嫁了，雄姿英发。"可见小乔当年是多么美丽，沉鱼落雁、闭月羞花，而一个如此绝代佳人，最后却过早病逝，这无法不叫人惋惜。

　　继续向里走，来到了小乔墓前。前面有一块墓碑，写着"小乔之墓"。碑的后面有一个小丘，小丘上有两棵女贞。或许我来的不是时候，墓上荒草丛生，都是枯黄枯黄的，一点绿意都看不见。我不禁有些惊讶，这虽然是个衣冠冢，但是当年小乔是多么得宠，她的身上有多少传奇故事呀！又转念一想，其实这有什么凄凉呢？每个人都注定化为枯骨，曹操墓至今都找不到呢。不论生前多么华贵显赫，身后事自己都无从策划，叱咤风云到最后都只有归于黄土。

　　在小乔墓一侧的石墙上已长起了厚厚的青苔，这不知何年何日筑起来的矮墙将世界隔在了外面，将那个风华绝代的女子隔在了里面。而石墙因为岁月的洗礼连颜色都分辨不出来了，墙的外侧长着一层密不透风的爬山虎，仿佛想突破重围进入里面。从墙的上面可以看见一旁的吕仙祠中传出阵阵青烟，风一吹，就仿佛一只无形的手把烟扯散成一片。堆积在屋顶上的落叶，顺着瓦片滚落下来，有的被风吹进了一口方池中，池中鱼儿误以为是食物，一阵抢食，激起了阵阵水花。

　　走出小乔墓，看见那屋上的瓦片中竟长了草，但也是枯黄的，只能让叹息淹没在草叶沙沙的摩挲声中。

岳阳楼行

　　夏日的清晨，我独自走在通往岳阳楼的路上，一边是汴河街的青瓦白墙，一边是八百里洞庭的苍茫。游人还不多，晨露的味道弥漫在空气中，脚下的灰砖不时闪过篆刻的字纹，我顺着这条充满文化的道路，走向沐浴在日光中的岳阳楼。

　　一进入景区，就看见一条弧形的小溪上立着五座青铜古楼，是依照唐、宋、元、明、清五朝的岳阳楼建造的，原来黑色的铜楼因为水汽的渗透而有着淡淡的青色。飞檐上挂着的四个铃铛，它们随着风轻轻地摇摆，仿佛在风中喃喃地讲述着五朝旧楼的故事。溪中有一群斑斓的锦鲤绕着铜楼游来游去，尾鳍激起阵阵水花，打在溪岸的青草上、石头上。

　　沿着小溪走，园内满是苍松翠柏，一路长着各种姿态怪异的树木。沿着溪岸栽了许多的柳树，翠绿的树枝随着清风时不时划破平静的水面，水面泛起阵阵涟漪，不时引得火红的鱼儿游来，绕着水中的柳树影子游动。水上水下仿佛是两个不同的世界，而水下的世界更多彩更静美。

接下来，小溪在一片龙爪槐中隐去了踪影。当小溪再次出现的时候，一条呈北斗七星状的回廊就呈现在眼前。沿着回廊栽种着一丛丛竹子，风一吹过，竹子摇摆沙沙作响。

继续向里走，来到一处假山，假山四周环绕着池水，假山上生着苔藓和藤蔓植物，使原本青灰色的石头成了时而欢快青翠、时而深沉凝重的绿色。在叶影重重间，有一座小塔，在水光、阳光的映照下显得精巧别致。转到假山的另一边，池子旁边栽种着一棵黑松，这松树有一种特别的美感，看来好像是在画中，隔着一层云雾。在松针的缝隙中，可以看见一副石桌石凳，都泛着淡淡的青色，仿佛夜深人静的时候那些渴望清幽的古代文人墨客会乘云驾鹤来这里，享受无邪月光下的幽静。在假山向内凹的地方，有一条涓涓细流顺着假山流下，飞溅的水珠打得依附在假山上的藤蔓不住地晃动，因为沾着水珠，阳光一照，便闪耀起星星点点的光芒。那一条小小的瀑布一直流到三朵将开未开的荷花上，那三朵荷花透着淡淡的粉色，似乎是要绽放，但是却又收敛着自己的美艳，含苞待放，倒反而显得格外美丽。

穿过一道石门终于看见岳阳楼了。这座三层高盖着黄色琉璃瓦的楼并不是十分的宏伟，或许因为这原来是一座阅兵楼，所以陈设简单大方。虽然没有精雕细琢，但自清朝以来的文化沉积使这座在百年的风雨飘摇中伫立不倒的楼颇让人敬畏。从岳阳楼上可以看见苍茫的洞庭湖，湖水一直绵延到与天相接的地方，青色的湖水与湛蓝的天空在一片水雾中融为一体，这广阔的湖水在千年的历史中看见了多少朝代的兴衰、多少个花前月下发生的一幕幕故事，但它只是波澜不惊地轻轻拍打着堤岸。

出了岳阳楼，穿过一条幽黑的隧道，来到了一处僻静的小路。

遇见二二

175

可能是因为近水的原因，一路的条石上都生着厚厚的青苔，石缝中的青苔甚至长得像春天刚冒芽的小草般高。一只机敏的小麻雀抓住了一只飞蛾，正在小路上准备啄食，却踩在青苔上，脚下一滑，嘴一张，飞蛾扑簌簌飞走了，只留下一阵粉尘，那小麻雀便万般失望地望着飞蛾逃走的方向，忽然一跳，飞了起来，不见了。小路蜿蜒着去了远处，隐没在了一片树林中。

香溪的纯
——2012 年国庆龙门县香溪堡游记

　　坐在溪的这一端，已听见遥远的另一方传来阵阵山歌声。溪水不急，缓缓流动。杨柳的叶尖偶尔触到水面，水波随着歌声一浪一浪荡漾开来……

　　一切都是原始的。一个木筏，能容纳二十几个人，只有一个船工，大约是每日都在太阳下焦灼着，浑身枯干、黑瘦，但他那看似弱小的手臂却自如地用竹竿撑着竹筏。太阳照射在水面上闪着金光，竹筏随着水而波动，阳光的反射像是要灼伤眼睛一样明亮。岸边是成排的树，不像是为了好看而种上的，倒像是一直在这里生长下来的，并不是统一的品种，而是各样的混杂，映着水面，都绿得茂盛，一切都是自然的。偶尔可以看见溪中一片浅滩，定是没有太多人涉足，竟能看见有鱼畅游其中，掀开一块表面布满湿露的青苔的石头，一阵飞旋的泥淤过后，总是可以看到漫不经心的螺。

　　再前行一阵，便看见有人撑着宽仅同肩膀一般的小筏过来，小筏上带着一竹筐一竹筐的自产小鱼、小虾之类的。那些小鱼小虾全是在溪中抓的，连那黄中带青的阳桃也是自己种的。他们将自己的小筏撑到与我们的木筏平齐，小心翼翼地打开用刚采的荷叶盖着的各类溪中的鱼虾。傍水的人嘛，总是要受水的恩赐。过了一会儿，他用手一扶草帽，猛地一撑竹竿，渐渐划远了。一座横跨水面的古桥，再配上这瘦小的身影是种怎样的纯朴！

水并不深，总有高出水面的小岛，有的甚至长上了不知名的野草。有那爱水的牛，伏在地上，就是我们经过也只是抬起自己那深邃的人眼瞟一下便自顾自地吃草了。水下长着水草，顺着水流的方向倒向一边，随着水波缓缓浮动。村中的小孩，一边嬉水，一边拨起这连成片的水草。

上了岸，最先看见的便是一户自己做豆浆的人家，用石磨细细将豆子磨碎，一切是那么原始，做好的仍滚烫的豆浆倒入一个石槽内，等着它冷却后表面结出一层膜，再小心地将膜挂起，就有了腐竹。一切的资源对他们都是宝贵的，一切都是按它的顺序来。慢，但有它特有的本质的味道。

一路上都是老屋，虽说大多是改建过的，但从砖缝间冒出的各种野草说明了它的岁月。偶尔有一扇半闭的门，往里看去，原是已荒废了的一间屋子，屋间郁郁葱葱，长了半人多高的，或已不能称之为草的植物。

在村中间有一堵高大的碉楼。墙，从远处看已是绿的了，全被青苔攀满了。木质楼梯很陡，爬上去便有几个简陋的小房间。楼里较昏暗，只有几扇小窗，透着明媚的阳光。楼上已经失修，不能再上了。下了楼，墙边的阴影下有几位村中的长者坐在小椅子上聊天，和着古树、古楼，很古朴、很和谐。

正碰上有人在举办婚礼，在村中大家共同的一个祠堂中张贴着对联。村中的人都来帮忙。一台很旧的收音机播放着音乐。一群小孩围在一起看杀鸡。村中有学问的人写着对联，他们不因为游人的到来而有丝毫改变。

这里的一切是自然的、古朴的、纯的。那不加任何修饰的被炊烟熏黑的墙，多天然，展示的就是不刻意刻画的本质。若这里是一块玉，定是未经雕琢的美玉，不加空虚的装饰，展现着本真的纯朴。

我爱这香溪的纯。

梦中的故乡

　　我的故乡是一个小村子，曾经多次在那玩耍，看着破落的房子在夕阳中披上金辉，看着田间的作物平静地度过一天，看着黄牛缓缓走回家中，是的，曾经，曾经。

　　现在，回到故乡，我甚至不再能闻到土壤的气息。泥泞的弯曲小路不见了，取而代之的是宽阔的公路，无数的车辆在上面飞驰。看着一旁的人们正在兴高采烈地谈论着所谓的农村发展，我却高兴不起来。我四处转了转，曾在儿时伴我度过整个夏天的小鱼塘被填平了，曾让我嬉戏一个下午的稻田也不见了踪影。那时，每到下午，总有一群一群的人在村中活动，有的三五个坐在树荫下纳凉，有的围在一起嬉戏打闹，整个村子是热闹的，有活力的。可今天除了几只垂头丧气的黄狗，我便再也找不到其他身影了，一切都悄无声息，显得寂静得可怕，除了那片阳光，连牛羊的叫声都不再听见。村中能认识的人也不多了，除自己的家人以外，再也不认识谁了，茶余饭后，不再到别人家去呼朋引伴地玩耍，门口冷冷清清的，再也没有那时聒噪的说话声。是啊，那么安静，除了不远处工业区中的机器发出的怒号，连树上的鸟儿都只是习以为常地看了一眼便飞向它那搭在矮树上的巢中了。

仰头，想起码能找到被我们视为天然屏障的山峰吧，可极目远望，没有了，都没有了，四处空荡荡的，我的心里也空荡荡的了。

地，还是这块地，可它已经不再是我的故乡了。我的故乡是一个山清水秀的小村子，而不是现在工厂林立、没有任何情感的土地。为了建工厂，儿时的记忆没有了，伴我玩耍的地方没有了，我对这片土地的情感也淡漠了。这片土地让我不再有存在感，这是一片没有灵魂的土地。

我何时才能看见我曾经的故乡，我梦里的故乡？

可爱的祖国，美丽的花园

我们伟大的祖国，有 960 万平方公里土地，有 56 个民族。因地理环境不同，各民族风俗不同，各个民族在不同的地域耕耘，将祖国这个大花园绘就得色彩斑斓。我，在这个大花园畅游遐想……

深圳——绿色的海洋

先看看深圳，这里是绿色的海洋……

首先来看看深圳海的绿。位于深圳市大鹏湾畔的大小梅沙，海滩海沙黄白细腻，平坦柔软，犹如一弯新月镶嵌在苍山碧海之间。环绕的大海碧波荡漾，碧绿的水中可以看到小鱼尽情地嬉戏觅食，尽情地享受着这无边的绿；碧绿的水中还可以看到随着浪花的波动而起伏的深绿的海草像舞者一般翩翩起舞；更能看到正午时碧绿的海面上像洒了金粉一般波光粼粼……

再来看看深圳路的绿。横贯深圳市区的深南大道是深圳最繁华的道路，也是一条绿色的路。大道两旁种的有矮小的灌木，有参天的大树，有娇小的花朵，有顽强的小草。在车流密集的深南大道上不仅没有感觉到空气浑浊，倒感到这一切带给了我们盎然的生机，就像在绿色的河流中遨游。

再说说深圳山的绿。莲花山，雨量充沛，气候宜人，到处绿树成荫，鸟语花香，时常能听到潺潺流水声，山水灵秀，是中心区最大的公共绿色空间。如果幸运的话，能够看到猴子等野生动物的身影。在这里，可以俯瞰深圳这座绿色城市中心区的全貌。

喀什——金黄的世界

我来到喀什，观赏这个金黄的世界……

置身喀什，在这些蜿蜒曲折的巷子里，早已感受不到街上的都市氛围，扑面而来的是一个新奇的世界。那里有造型别致的清真寺，那里有许多不为人知的秘密。

巷子里最多的当然还是民宅，砖土垒成的民宅颜色是清一色的土黄，与湛蓝的天空形成反差，越发显得厚重。房子大多两层高，门窗全是木质的，偶尔还会在顶层的廊檐下发现精美的木雕，木质的本色与砖头的本色浑然一体。

清真寺的弯月老远就能望得见，它们的精雕细刻、庄重质朴不由得引着我们驻足观赏。这些美丽的图案、圆润的弧度和复杂的边饰竟是用普普通通的砖头制成的。

塔县——银色的大地

我们看看塔县这块银装素裹，分外妖娆的大地……

塔县的风景名胜与白色都分不开，有众多巍峨的冰山，跌宕起伏的沙山。让我们来说冰山吧。公格尔九别峰，海拔7595米，山上终年积雪，犹如牧民头上所戴的帽子。慕士塔格峰，海拔7546米，山体浑圆，状似馒头，常年积雪，冰山地貌发育十余条冰川，其中最大的栖力冰川和克麻土勒冰川将山体横切为两半，冰川末端到达海拔 4300 米沙山，犹如银蛇一般，从山脚看去，慕士塔格峰就像是白发苍苍的老人。除了雪山，还有白沙山，向帕米尔高原西行 100 多公里，眼前突然豁然开朗，一条绵延不断的山脉全然由洁白柔软如绸缎般的白沙堆筑而成。这就是神奇的白沙山和恰克拉克湖了。

我们五彩斑斓的祖国，是温馨的家园。让我们携起手来，把我们的家园建造得更加美丽！

☆本文获深圳·喀什·塔县三地中小学生作文大赛小学组一等奖

彩色之都
——井冈山

　　"五一"我去了革命胜地井冈山，我不仅感受到了革命的气息，还发现了井冈山别有一番风味的色彩之美。

　　清晨，火车快进井冈山站时，下着小雨。远远地向井冈山望去，一切都笼罩在白茫茫的薄雾之中。高大挺拔的群山间穿插着一缕缕雾，似乎为高山蒙上了一层面纱，而在细雨中的薄雾也显得分外妖娆。过了一会儿，雾渐渐浓了，不断地翻腾着，变化着，一会儿像一匹脱缰的野马，一会儿又像翻飞的巨龙，一会儿又像一头笨拙的大象。最后，雾越聚越多，越聚越浓，不断地涌动着，像波浪一样汹涌澎湃，互相碰撞着涌来，变成了波涛起伏的云海，连远处的大山也渐渐模糊了，淹没其中。

　　下了火车，坐小车进入井冈山，雨停了，太阳初升，整个人就置身于一片绿色之中了。放眼望去，最先映入眼帘的是绿油油的田地，一块块不规则的梯田生机盎然，有深绿、浅绿还有嫩绿，甚至连穿梭其中的小青虫也是绿的，偶尔一只身着绿色舞衣的青蛙从眼前"呱呱"地跳走，又为这儿添加了一道别致的风景。

田地旁边就是山丘，整个山丘上都覆盖着一棵棵新出土的翠竹，翠绿的颜色渲染得边上的小溪都绿了。翠竹边的灌木丛也经过一个冬天的考验显得特别有精神，这种绿颇像画家笔下描绘出来的。树的绿，就更别致了，高耸入云的树冠是深邃的绿，而枝条又是浅浅的绿。风，轻拂树叶，与小虫的鸣叫相融合，汇成了一道绿色的树林和谐的交响曲。

最后，再向里走就看到了红彤彤的一片，满山遍野的映山红一眼望不到边，成千上万朵花竞相开放，争奇斗艳，似乎是漂亮的小姑娘正在比美。只见有的花正欲开放，有的花开得正艳，有的花即将凋零，却仍绽放出最后的美丽。几只红黄相间的小蝴蝶在火红的映山红中上下飞舞，风度翩翩，好不热闹。

当我离开井冈山这彩色之都，我才终于明白，自然的美才是最美的。我永远忘不了那白茫茫的雨雾，那绿油油的山丘，那红彤彤的映山红！

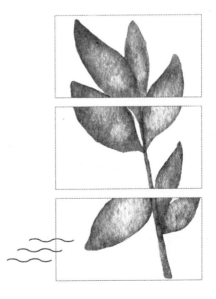

时光的碎片

〜〜〜〜〜〜

有些日子像是山中涧一样，拦也拦不住地流走了，但有些东西却像那水底的石砾一样，是水流所带不走的，日久反在阳光下熠熠生辉。

时光的碎片

　　有些日子像是山中涧一样，拦也拦不住地流走了，但有些东西却像那水底的石砾一样，是水流所带不走的，日久反在阳光下熠熠生辉。

　　有人说小时候画在手上的表不曾动过，却带走了我们美好的时光，最终那表也在水的侵蚀下淡了，但有些东西却未曾淡去。

　　会不会有的时候发现自己虽然长大了，却喜爱着儿时的一些东西，保留着原来的爱好？是不是发现小时候爱看的动画片，即使今天的我们还是百看不厌？今天我们虽然已可以去买贵几十倍的东西，但是不是仍独独钟爱于小时候最爱吃的廉价零食？

　　有些味道、有些情境是不会忘的，虽然童年流走，但我记得它的甘甜。以前回老家总有股厨房中煤与干木柴融合的味道，现在已很少闻到，但那独特的气息我一直记得。

　　那些我们想改也改不掉的习惯叫时光。童年已去，但它给我们留下的深深印记不会被磨淡，那味道只会愈来愈醇厚。

　　看着手中小时候最爱的软糖，一粒一粒，香甜瞬间弥漫，仿佛又回到那站在比小小的身子高出不少的报刊亭前欢欣地拿起糖时的情景，犹如梦间。

　　岁月流逝，指间已空，但可以嗅到那缥缈的味道，这就是碎片拼起的时光。

何谓读书

  读书，就是在别人的道理中去预见自己的人生，在自己的人生中践行别人早已说过的道理。

  书本无情感、无悲喜，正如嵇康的《声无哀乐论》所说，音乐本无哀乐。书本身只是讲述故事的载体，在作者写完全本的那一刻开始，他就已经和这本书没有关系了。因阅读而痛哭、大喜、深思、顿悟的读者，真正触动他们的是他们自己的经历，他们深埋在自己心中久不见光的一缕旧日残片。阅读并不会给人带来他本没有的特质，阅读不过是激发，激发人们久未问津的柔软。

  读书，就是将自己的人生代入别人的人生中重读。真正创造出那本让人心中悸动的书的人不是作者，而是读者。读者在书中寻访寂寞的坟墓，寻觅不见飞禽走兽鸣虫花鸟，唯有孤独来回奔跑的林荫，探寻在最冰冷黑暗的地心中的最炽热明亮的熔岩。人们读到的仿佛是同一个故事，但在每一个人心中其实都是自己的故事。故事，故去的事，一去不回的事，在心中留恋迷惘的事，越是往事，越叫人回味悠长。

读书，是回味自身的沉淀。老人容易落泪，少年总装坚强。唯有一生的水沉淀了，老了，充盈了，自然水满则溢。读书亦若此，少年读书容易错过文字背后的深意，字字理解，词词解意，没有人生的经历将其面纱掀起，读完了故事却一无所获。好的书要放下，不是不能理解其意，而是其意不可内化为己用。少年不知世事艰辛，不知轻描淡写后的难言苦涩。就如读红楼，同样是落泪，少年落宝黛难善终之泪，中年落回天薄力之泪，老年落字字惊心之泪。

人读书，也是书读人。人不解书，其意难通，其害甚少。书不解人，少识世事，误读岁月，其害无穷。

读三毛《我的宝贝》有感

今日忽读三毛的"宝贝集",她如一个守财奴一般讲着她走过万水千山所收集的宝贝的故事。

三毛那时已经失去了她的先生数年。她不是一个煽情的人,可是她的故事,那宝贝与她先生的故事,看了总叫人动情。

我最爱的故事叫《幸福的盘子》,三毛在她与荷西结婚四年后每年买一个盘子,挂在家中。那时她想,一年一个盘子,她要等到家中挂了四五十个盘子时还和荷西一起散步。她的要求并不高,不过是一起走到七八十岁。可在她买了第三个盘子的时候,故事完了,荷西走了,永远地走了。那个盘子叫"这儿,是幸福的领地"。

当我看书中的三毛那么那么珍重地介绍她的收藏,我觉得她不过是在缅怀一段回不去了的时光,缅怀一个找不来了的人。她的万水千山,她的故事,与他一同走过,如今只得对着满桌时光的痕迹空空怀人。

那个幸福的领地,只在当年就失了幸福。这个在书中、演讲时都十分乐观的女人，在照片中笑着望着满桌的宝贝。书中总写"结婚时""先生走后第几年""丈夫和我"……我忽感觉三毛的笑是那么的苦涩。她大约很寂寞，没了爱人，她的宝贝成了唯一，成了寄托。

　　她所宝贝的不过是一段时光，一场纷纷扬扬的大雪和那不会老去不会在海涛声中迷失的回忆。

我心依旧

"光阴似箭，日月如梭。"不经意间许多人的青春年华便从指缝中溜去。我们也有太多太多的记忆被风尘带走，只留下无尽的惋惜。

在张学友的演唱会上，他说了这样一段话："二十年前跳过的舞，我又跳了一遍，当年的'他'正值青春年少，现在的我却比'他'年长了二十岁，可是，我相信我很努力很努力地去干过，我能骄傲地说：我赢过'他'了！我们不老！"也许这样实在无法表达我们和他的心情。但身临其境，此情此景在眼前出现，真的是一种莫名的澎湃。这短短的一段话，胜过任何形容、诠释人生价值的语言。

自古以来，太多太多的人感叹人生苦短，未来得及好好看一眼世界便再无机会。可是哪怕年龄再大，心中怀着美，什么东西又可以阻挡得住心灵的自由呢？"夕阳无限好，只是近黄昏。"与其让这黄昏在一片悲伤中度过，不如坐下来，平静下来，寻找黄昏中的美景。看一群雏鸟在火红的天空中飞过，看一棵小苗沐浴着一缕夕阳,看清澈的池塘下蕴含的勃勃生机,又何尝不是一种美呢?

人们之所以抱怨时光匆匆,是因为他们还有未了的心愿。

我付出过,我努力过,我尽过全力去干一件事情,我体验过了人生,那么这样的人生将无怨无悔,回首过去,不留遗憾,我做了我该做的。欣赏过一朵花,喜欢过一幅画,等待过一件事,若有了这样的体会,老了又何妨?反正早已留下了这样的美好。

岁月更替,万事俱变,没有人可以阻挡住岁月的车轮,唏嘘往事匆匆度过,但叹息无力回天,不如努力让此后无怨无悔,不如静心欣赏眼前的风光。

当有了这样的一份淡然,我心依旧,我心不老。

朦　胧

　　那带着虚无光影的白月渐渐升上天空，树影并不清晰，随着一阵翻转，带着我看不清的落叶铺天盖地地卷来。树影随风摇曳，不是一株一株地摆动，而是成群成群地起舞。一盏昏暗路灯，散发着带着睡意的暖光，圆形的灯罩带着一圈发毛的光晕，引得一群白斑般的小虫围绕、旋转。路牙上总有静静隐身黑暗的人影，看得并不分明，只是衬着这夜浑然一体。

　　背后的万家灯火是千万个带毛边光晕的各色萤火虫，显得缥缈。

　　我看不清，看不清那婆娑的树影的尖梢上只有褐黄的枯叶，那带着魅影的灯罩中的黑点是扑灭的虫儿最后的余烬，那引路灯光的支撑是斑驳变形的铁柱，更看不清那若有似无的人影是因为冷而聚成一团。

　　这就是朦胧的世界。或许我们有时需要看不清，才好"看不见"那些并不想看的存在，或许少见些、少感觉些也挺好。

眼

  读到名句"醉卧沙场君莫笑，古来征战几人回"，总说不出为什么会忽然想到最近看到的一组写真，那全是人脸的特写，人物形象形形色色，其中有一张最令我印象深刻，那是一张饱经战乱的老兵的脸。那张脸很沧桑，阳光晒得脸上的颜色都不均匀了，但那脸上有一部分特别明亮，那便是眼睛。那双眼睛黑得纯正，像是深海，又像是灼人的太阳，吸引着人坠入其中。我像是要被牢牢吸住，怎么都挣不脱。我看着那见过无数生离死别的眼睛，平静得没有一丝波澜，没有悲伤，没有绝望，反带着笑。我想这大约像柴静所说，"9·11"后美国人在收音机前一边忍住眼泪一边打趣。在看见了无数人的生死后，缓缓微笑是要有多么强大的心理支柱！

  或许几十年前的事他已记不太清，但他一定不会忘记那种前一秒还不以为然地淡笑，后一秒却不是自己便是别人抱着对方只留余温的身体暗自神伤。他看惯了，泪流干了。天亮了，他看着健在的自己笑了，他又要起身作战。

我靠近那张脸，想再在眼中找到些许语言。

我记得有人说过："当身边有亲密的人离你而去时你感到那是浩劫，可当身边的人接二连三地离去时你只会麻木。"不是这双眼太无情、太冷淡，而是已不敢投入太多的情感。自己的脑袋都拴在裤腰带上，哪有资格关心与自己无关的悲哀呢。无数痛苦穿身而过，他却只点头致意，这是他逃不脱的宿命。

一个淡然的眼神背后是有多少的苍凉、多少的隐忍？

笑

当痴情一生的黛玉听闻宝玉已娶宝钗时应是什么样子？是哭与闹吗？是急病突发吗？是……我所可以想象到的悲痛的情景数不胜数。但是黛玉并非像我所猜想的一样，"哭了一生的黛玉，此时却是笑着的，因为泪已流干"。是啊，由绛珠仙草化作的黛玉此生实在不乏多愁善感。但她笑着，笑着看这结束她生命的噩耗，因为情已尽，泪已干。她一生多愁，恼了一生，爱了一生，累了一生，也哭了一生，终时她笑靥如花，无怨无悔。但谁又看见那苍白无力的笑容下挂着多么沉重的汹涌的悲思？她带着这包袱一辈子，是时候取下了，她也该结束这前世的恋了。她笑，笑的是从未如此轻松解脱，笑的是这早知因果的情缘，笑的是凡夫俗子永不能脱的俗。她带着空灵，带着不染一丝风尘的鬓发，留下宝玉声嘶力竭的哭喊声悄然而去。她有太悲伤的一生，但她带着笑，至死不止。

黛玉的离去只是一阵风，只是"香魂一缕随风散"，一阵弱到常人难以察觉的风。可宝玉定是这随风所去的羽毛，也只有他才能"愁绪三更入梦遥"，永远相随相追。

现实在下

　　从学校那飘着绿色窗帘的窗户中向外望，空气中弥漫着一种带着暖和气息的棉花糖味，只有刚卷出的棉花糖才会带着那样温热的香甜。对面是座老房子，那饱经风雨的墙上灰旧且斑驳，透过那生了锈的网格，可以瞧见正有人忙着做傍晚的饭菜，与蓝得透亮的天空相映衬，让人感到十分惬意。空气中充斥着柔软、温和的味道。

　　向下渐渐看去，一个小学生模样的小女孩，扎着随着脚步上下飞舞的小辫子，兴冲冲地背着小花书包在人行道上奔跑，原来已经放学了。她一定是楼上哪家住户的孩子，那饭菜一定冒着热气等着她。她那娇小的身材背着书包，走到一处墙角，放下书包，走向两堵水泥墙间，我霎时呆若木鸡。

　　那两堵墙，破旧得已看不见本色了，两墙的顶上用几根废弃的木条连接，木条杂乱地放着，大约在哪个大风的晚上，一定会掉下来几根。那"屋顶"年代久得已经有藤枝盘绕在上面了，它的下面是两三辆原是绿色现已变棕色的推车——那是一个垃圾中转站。

　　她熟悉地捡起一个个堆积在地上的黑色垃圾袋，那里边已经装满了，她费力地抱着，似乎毫不在乎那会弄脏她的衣服，再扔进那比她还高出半个头的垃圾车里。那车就是我上学时常会见到的一个中年男子推着的车，我们每次都避之不及，倒不是有什么歧视，实在是那气味太刺鼻，如今想来那应是她的父亲。透过那木条间巨大的空隙，我看见一个年迈的老妇人瞅着眼前的一切，抚着身边那曾是白色的大猫，在这本该颐养天年的年纪，她却支撑着这个家。

　　系在墙上的塑料袋随着风摆动起来，老妇人又抚了抚那猫，站了起来，扶了下一旁的墙，以她的身体状况是不能再操劳了的。那宽大的衣襟随风摆动，她那满布皱纹且黑细的手推起那已被她孙女装满垃圾的推车，渐渐走远了。小女孩静静地坐下，似乎在等着什么人。她抬头望望天，那么明亮。有一瞬，我触及了那个眼神，很纯净，眼底无一丝波澜。她有什么可怨呢？这脏乱破旧的地方就是她们一家的命，这就是她的现实。虽然楼上已有饭菜香，但她还坐在她的现实中，等待……

　　天暗了，楼下灯火阑珊，楼上是万家灯火。仰望天空美得令人窒息，可那天，终是不可触及的天。总有人一生只得在沉寂的黑暗中仰望那明亮的灯光，脚下却只能踩着破烂的现实。

孤独的长椅

　　上学的路上常会路过一条街道，一边是密密麻麻的商铺和饭店，一边是条不宽的马路，中间是还不算窄的人行道。上面有着各种污渍，小饭店的脏水都向这儿泼，带着油星的水在地上干了一层又一层，典型的城中小道。

　　唯一突兀的是一把脏兮兮的木头长椅。那是一把普通极了的椅子，一看便知道从未有人打理，漆已经剥落尽了，早看不出原来的色泽，现在只有块状的深浅不一的乌黑。大概这是供人休息的椅子吧，可这椅子连固定的钉子看起来都松松垮垮的，我生怕它有一天会倒了。最不正常的是整条街就这么一把孤零零的椅子，而且还朝着店铺。

　　不过，这儿确实是个歇脚的好地方。

　　这里是个十字路口，人来人往，常有拎着大包小包东西的人坐在那椅子上休息。那人一坐上去椅子便咯吱咯吱地响了起来，他仿佛赶路累了，也不顾那椅子有多脏，重重一靠。我有一瞬间真觉得椅子要向后倒去，那支架以一个不可能的角度扭曲着但终没有断。那人一起身，椅子就恢复了原貌，只是不停地发出刺耳的木头摩擦声。我心想这椅子真是太不容易了。

我还见过各式各样的人不顾形象，光临那把椅子。有送货的小伙子，只要稍坐一会儿就又起身赶路；有推着婴儿车的老太太，还一边嚼着面包，一边向椅子上抖着面包屑，反正也没人介意这椅子再脏些了；还有的人直接在众目睽睽之下躺在上面……

这椅子孤零零地出现在街道上的确很奇怪，但人们的确需要这样一个急流中的礁石。有多少东西我们解释不清，却又分明存在，渐渐变得理所当然，不再有人去关心为什么繁华的大街上有一把乌黑的脏椅子。

落下的美好

　　最近天气有些转凉。走在上学的路上，看到马路的一侧种着许多我不知道名字的树。树的叶子大多已经黄了，有些摇摇欲坠，颤抖着、晃动着，略大一点的风吹过，满树的黄叶便沙沙地落下，旋转着，舞动着，快速地向下落……有的落在马路上，有的飘在人行道上，还有那么一些斜斜地飞去……我的目光追逐着它们，落在曾经的校园里。似乎，在叶子落地的那一瞬间，我的心像触到了什么。回头望着这些黄叶一片片落下，从身边、从手边，近在眼前地落下，我想抓却又抓不住什么。落叶铺在路上，形成了一条满是黄叶的路，从中走过，很美但也很凄凉……

　　树上萌发的又将是新的生命，但曾经的美好的飘落还是叫人有些措手不及，可它们还是不可避免地落下了，都落下了……

蝌 蚪

　　一条细小的水流从一处断崖蜿蜒而至，穿过一个不过三五厘米深的小水坑，匆匆向下。在这小水坑中，有一只蝌蚪，它在略显料峭的风中有些瑟瑟地抖动着与巨大的脑袋极不成比例的尾巴，以至于一开始我都没认出它。不知道是怎样的不负责任的青蛙，将它或许还有别的蝌蚪遗弃在这样一个随时可能干涸又随时会冲下断崖的地方，一去不返。也许正是因为这样种种的不测，才使那些他以前的伙伴踪影全无，抑或这也只是我的空想。但我看见了，见证了这一只唯一的幸存者正在为了渺茫的生存希望而努力着，不在意前一秒是否有水柱向它劈头淋下，将它浇得晕头转向，也不在意下一秒它是否成为阳光照射下的崖壁上的一块不显眼的黑斑。但这一秒，它在为活着而奋斗，击起水面上的阵阵涟漪。

裂开的豆荚

　　时渐入夏,生命也开始展露新的头角。正当我经过一棵生机盎然的绿树时,头上发出"嘭"的一声脆响,便见状若圆盘的东西从树枝上滚落,定睛一看才发现是一个豆荚裂开了,新的生命滚落一地。我不觉有些震惊,仰望树梢,似乎看见刚刚裂开的豆荚正无比自豪地在烈日的照耀下颤抖,它自知气数已尽,即将落下,化为一滩乌泥。透过斑驳的阳光看着此刻的豆荚,虽是龟裂、干瘪的,我还是觉得,我是如此幸运,见证了生命的最后力量的迸发。平日里这大树上的小小的分枝,是如此渺小而不引人注目,恐怕连自己都忽略自己的存在。可它却默默地孕育着,孕育着新的生命,在生命的最后一刻发出最耀眼的光辉。

　　是啊,我是如此幸运,见证了它最美的一刻。

一朵被碾碎的花

　　每当看见，一朵盛开的花，不禁赞叹它的美，赞叹它美得如此娇嫩。这里也有一株花，仅仅一株。呼啸而过的车辆肆意刮乱了它的嫩叶，任意飞扬的尘埃玷污了它的花瓣，即使它再美丽，再夺目，可又有谁在意呢？当一阵清风带着它的种子飞去时，也不在意阵阵尾气使它目眩。它轻轻落，很美，很美地落在了汽车飞驰的柏油马路上，等待它的不是生根发芽，而是变成车轮下的一片黑斑。毫无机会，或许是注定，它不能生长，它被剥夺了这样的权力，哪怕是落地生根这样如此简单的愿望都无法完成。它无法选择，或许被汽车卷起的尘埃还未落定，它就被碾碎了，这样的生命毫无尊严。

　　我看到了一朵花，一朵美丽的花，一朵曾经美丽的花，而现在它只是令人唾弃的碎片，在路的中央。

一棵无奇的树

　　近日，偶然看见一块石头，表面呈淡淡的白，通体几乎透明，可以隐约见到其中错综复杂的纹理，有的细密、紧致，有的疏松，却不显突兀。仔细看去，仿佛还有一抹宛若天边余霞的棕红，虚无缥缈，又像是一道难以捕捉的光。石头上有一些微小的凹槽，其中有些不可名状的斑纹，看着，就好像是进入了另一个世界。而据说多年前，这颗石头并不是石头，而是一棵树。的确，一棵无奇的树，但它沉睡了多久，它等待了多久，只有它自己知道。它身上的任何一处斑纹从何而来，已无从得知。或许它听见过中世纪的轰轰战火，也听见过士兵的铿铿脚步……阳光透过窗，打在它的身上，那奇特的斑纹，仿佛一幅画，讲述着它的岁月。

旧时的路

　　走过一条旧时走过的路，景物依旧，而人却不同了。曾是熟悉的路如今已陌生，正如尘埃般的往事，像是未曾留下些许的痕迹便随风逝去了。原似爬不完的台阶、走不完的绿荫、闹不完的时光，愈来愈淡地隐退了。它们不曾变过，也不曾试图改变。台阶仍是那么几级，树仍是那么多棵，但却分明变了，变得生疏、平淡，我仿佛只是游人般路过罢了。可这分明是我曾走过多时的路啊！还未曾告别，怎么从脑海中离去了？我要攀爬多少级台阶才儿时不再？我要路过多少片绿荫才能尘满面、鬓如霜？或许总会有那么一丝一毫的联系将我与它紧紧串联。

　　岁月无尽流逝，静静守候。

假想我是一朵花

　　我把自己种进花盆，假想我是一朵花，每天待在深巷的角落，从未移动。我的头顶是被隔壁家做饭熏得乌黑的墙，我终日在奋力寻找一丝清新的空气。我总是躲在一个黑暗的角落，一个被世界遗忘的角落。我可以从邻屋的残壁间看到阳光，我也曾碰到过一片还带着阳光味道的树叶。它停在我的脚边，日复一日，连阳光的味道也消失了，如今它那曾被阳光拥有的身体也化作泥土了，我与外界曾有的唯一联系也断了。好在我还是可以在晚上瞥见月亮默默滑过天空，每当这时，我便感到一丝潜伏着悲伤的快乐，哪怕快乐的时光是这样短，我也能守着这泡沫般的回忆度过难以煎熬的下一天了。

　　我假想我是一朵花，一朵不会绽放的花，一朵尚未开放便凋零了的花，就算我被当成野草丢弃时我也这么认为。

回报以歌

　　"世界以痛吻我，我要回报以歌。"这是泰戈尔的诗句。当你认为全世界都抛弃你的时候，你是以恶言相向还是回报以歌？你若选择前者，那么你的世界将永远是痛的，因为那会使你在阴沉的空气中又加上一笔令人窒息的墨色；而当你选择后者时，即使在最阴沉的雨天，你也可以在乌云的缝隙中找到彩虹。

　　如果你总选择逃避生活，那生活着做什么？生活中有坎坷，有泥泞，有密不透风的丛草，这并不是逃避就可越过的。我们总要面对，生活总会前进，我们也总要跨过阻拦在我们面前的屏障。既然一定要去面对，与其郁郁寡欢，不如笑着去面对，笑着去承受，哪怕外边是寒风凛冽、海潮汹涌。只身站在峭壁上独面一轮明月，心中也不单会是高处不胜寒，而是燃着一盏灯，一盏海风里的灯塔中的灯，是温暖之光，是信念之源。

　　"我看青山多妩媚，料青山看我应如是。"当我们以美妙的歌声回报这个世界，世界怎会忍心再吻我们以痛呢？

瓷　瓶

　　笔锋浓转淡，缓缓画上眉弯，似若缥缈的薄纱，覆在透亮的瓷上。待那丹青凝住，满目的淡然与疏密有致的墨色潺潺地流着。

　　俯到那窄口的瓶颈，悠深而广阔的瓶肚，黑洞洞地泛着冷气。凑了过去，耳畔仿佛千帆竞渡；仿佛多年前寂静在窑中的秘密不曾沉睡，时常絮絮地在幽深的黑暗中低语；仿佛那浴于火中的转变，窑烧的共鸣，焰舌卷上每一隅的轰鸣。

　　轻叩瓷壁，清脆但细小的金属般的撞击声，不断回旋于墨色的深渊中，渐渐又泯灭。只剩鱼尾划过水面的最后一丝荡漾，鸟羽掠过天际拨开的一丝流云，蝶翼扇过花海的一丝动摇，最终消失在时光的流动中，连一丝涟漪也不曾余下，空余我独忆此情，答应它永远不会忘记。

　　墨色淡转浓，题上最后一片白莲的婉转与妩媚，随风摇曳只待那手持玉露的人缓步走来。

猫

　　要说我家附近有什么特别的动物，那肯定就是猫了。一到夜晚，猫便趁着天黑溜出来。在楼下散步时，常可以看见几只猫或卧或立于车顶上嬉闹，哪怕是人走来也巍然不动，大概是知道它们处于要位，别人也奈何不了。到了冬天便更是如此，趁着车仍有余温便懒懒地躺上去，偶尔张开眼睛，连头也不抬便入眠了。低矮的灯柱上长年是被一只雪白的猫占着，小小的灯柱刚好可以挤下它那肥大的身子，就算是上前去摸摸它，它也不加理会，至多动动耳朵，便又开始做它温暖的梦了。

　　若说猫懒，也不尽是。夏天对猫而言，最舒适的去处便是葡萄架的上面了。带着凉风的夜晚总是可以看见身手矫健的猫迅速顺着不知名植物的藤跃上去，速度之快、身体之灵活可大大不像冬日中的懒样了。

　　猫不同于狗乞食时的厚颜，也不同于鸟对人的避之不及，它们总与人保持距离，总有一份淡然。

残　缺

　　张爱玲说过，人生有三恨："一恨海棠无香，二恨鲫鱼多刺，三恨红楼未完。"

　　因为有遗憾，所以才有更多的美丽，因为残缺所以留恋。张爱玲恨红楼未完，她恨着别人的遗憾，但世人却又恨她的离去，她的一本小书《异乡记》才写了零星就戛然而止了。她之所恨却又在她自己的身上重演，不知有多少人为她而恨，恨岁月为什么不能停上一朝？为什么不容她与凡世团圆？只叫她枕着那冷凉的地板，望着异国的天空，正如她一贯的孤傲。

　　海棠无香却美得娇柔，鲫鱼多刺却也掩盖不住嫩肉的香甜，红楼也正是因为未完才叫更多人不断揣测那回旋的篇章会如何从冥界传到天涯。

　　人生的恨、人生的残缺不全，才是那生活的特别，总不会叫人感到无味，总叫人去探求去追寻，就像那《异乡记》背后无尽、渊远的情愁。

挡不住的离去

　　雨离我们那么远，从几千米的高空与我们相会。怎么还有东西要在密密的雨中离去呢？那么密、那么稠的雨从清晨四时一直下到下午四点，也只是更细更密了些。它这样跌跌撞撞地离去，不怕迷了路吗？

　　或许人生需要将失未失，才能懂得珍惜，当我看见躺在楼下喘气的蜥蜴是这样想的。一切楼阁、景物皆在飞速地上升，只是因为它在下降，一直到一楼的地面。我以为不会失去，只因为不曾想过"万一"，万一没有将失未失，万一不会再有珍惜。

　　一颗水珠顺着眼眶，挂在它的嘴边，它对我这样深恶痛绝，它总会偏着头，在地面上不停地蹭。如今它只扬了扬头就又垂下了。它果然仍讨厌这样，只是它已无力去动了。我明白它追求的自由不远了。那滴水宛若泪一般一直垂在它脸上。原来没有万一，一切都是必然，以前以为离别很远，原来就在指间。

　　唱不尽的曲，叫那伶人绝了命；流不完的水，却枯了天地。又是一场下不干的雨，打落了一树新芽，哭尽了满天的肃杀。

时潇含：古典与现代相融的温婉女生

《高中生之友》杂志社 汪开泉

她 3 岁开始听评书，单田方、田连元等评书大家们的作品可娓娓道来；她曾在一个暑假的时间里读完 49 本书，虽然一目十行却能抓住文章精髓，写出来的感悟颇为深刻；她在各项文学赛事中屡屡获奖，2015 年第七届"鲁迅青少年文学奖"现场作文比赛（决赛）中，她一举拿下高中组特等奖。她，就是深圳市红岭中学高二（12）班 17 岁文学达人时潇含同学，现为学校鹏翎文学院院长。听完她的介绍，有没有被她的经历所折服？若想一探究竟的话，就跟着我的笔触一起去探寻这个女孩的成长历程吧。

阅读：为成长插上想象的翅膀

对时潇含来说，阅读习惯的形成，应追溯到小学时代。那时，受中文系毕业的父亲的影响，很小的时候，她便喜欢上了读书，常常手不释卷废寝忘食。《百年孤独》《红与黑》《罪与罚》《古文观止》……尽管读起来还似懂非懂，但她还是很享受一会儿钻进孔尚任的《桃花扇》，一会儿又埋头于高尔基的《童年》之中。朦朦胧胧中的她能感觉到，打开书，就打开了不同的人生。

就是从那时起，时潇含对阅读的兴趣和对文字的好奇，慢慢奠定。她也从泛读逐渐转向有选择的阅读，从张爱玲、曹文轩、冯骥才，再从他们的书中循到鲁迅、老舍、丰子恺，再从他们那儿循到法布尔、勃朗特、帕特森……每一次阅读，就如抵达一个彼岸，与作家们进行一次面对面的交流。就这样，阅读让她感到亲近，给了她无限的遐思和冥想。她的阅读兴趣越来越浓，而且永远不用在读这个作者还是那个作者间遭遇"选择困难症"。

阅读是一场只有起点没有终点的漫漫旅行，而时潇含，一直都在路上。

写作：为未来铺就坚实的道路

因了这些书籍的陪伴，她绚烂的少年时代氤氲着浓浓的书香味。别人头疼的造句子、写作文，于她而言却是乐趣之所在。《红尘如泥》《出发》《云在青天水在瓶》《以一种深久的不安》《门》《论归隐之于中国文人》……从小学到现在，数十篇文体各异的作品相继在《文学校园》《东方少年》《初中生之友》《高中生之友》《红树林》《金色少年》等多家刊物上发表。从第五届国际（深圳）童话节优秀奖到深圳市中小学生"作文英雄"百强，再到第七届"鲁迅青少年文学奖"作文大赛高中组特等奖，面对取得的累累硕果，时潇含表现出的却是不同寻常的淡定和从容。

"人就像一个湖泊，有河水流入也会有湖水流出，这是天经地义，顺其自然的事情。阅读积累到一定程度，定然需要一个出口。"而时潇含的出口就是用细腻的文字表达出来，生活的每一朵浪花，心灵的每一次跃动，都通过她的笔尖流泻而出。文字让她在精神上很富足，每一天都过得很充实。她不期待能写出多好的作品，只是用手，用心写出自己想写的东西。"不求尽如人意，但求我心宁静。"

回忆起"鲁迅青少年文学奖"赛事的征程，时潇含表示赛前的她并没有做太多的准备，甚至在决赛的前一天，她还在逛上海博物馆、城隍庙，晚上漫步在上海外滩，品味不一样的流光溢彩。她崇尚文字的随意表达，而非刻意为之，免得受了束缚。她喜欢在走近一座新城市的同时，用心去感受它的独特魅力。眼清了，心静了，内心便淡然丰盈了，写字自然是水到渠成、得心应手。

时潇含在文章《请为先生点一盏灯》中写道："不要忘却，当我们于生活愈行愈快时，于自己、于本真却是愈行愈远了。试问，无源之水，如何流淌？无根之木，如何生长？无本之人，如何远行？"细细品味这些文字，我仿佛看到这些灵动的文字雀跃着、欢呼着，从时潇含的心灵飞出，在她的笔尖倾泻，倾情畅诉着他们对人生，对世界最初的感悟。

爱好：为人生增添多姿的色彩

她喜爱传统古老的文化，漳州的土楼、清代的木雕、古老的制茶技艺都让她如痴如醉。她曾就一扇普通的晚清木门，停留驻足两小时来观察；也曾在避雨之时，躲入山中制茶的老作坊，面对古老而又神奇的制茶技艺，赞叹之余更多的是浮想联翩。清香的茶叶让她流连忘返，待到如梦初醒之时已是傍晚时分。

置于她床头的常有《六组坛经》《老残游记》《儒林外史》《心经》之类的古籍，这无疑是怪异的组合，一边是封建束缚中的反抗精神，另一边却是传统思想根深蒂固的宗教哲学。而她却不觉得有什么不妥的。她喜爱传统文化，却又不迷信儒道之学；她着迷于佛教，但仅乐于知了经文，丝毫没有皈依之念；她崇尚道家的纵情放任，却又苦于自己的顽冥不化。都是大包大揽地找来、读完、弃去；不再挂心。

而今，她对瓷器和明式家具又着魔般的痴迷。王世襄的《明式家具研究》《明式家具珍赏》等书目自然必不可少，马未都先生对藏品别有风味的文化解读也尽数落入她的囊中。

"人吧，最好不要给自己下什么定义，免得受了束缚。若是有一天能让心安定下来，那是好的，或是继续漂泊，也就随之去吧。"谈起未来的道路，她也有些迷茫，不知自己将会在文学这条崎岖、人满为患的小路上彳亍、徘徊多久，但她将且歌且行，哪怕寒霜满地，也要歌尽桃花。

这就是时潇含，一个博览群书、文如春华、爱好广泛，集古典和现代于一身的温婉女生。

（原载于《高中生之友》2016 年第 9 期）

《请为先生开一盏灯》的思维路径与思维核心

渤海大学附中　吴炳忠

（1）当我们在一片万籁俱静中听见自己心心念念的声音，我们是否会惊觉我们对于生命的本身已渐行渐远？即便是铁骨铮铮的鲁迅先生，也需要有人为他打开一盏让他重回自我、返璞归真的灯。而试问世间，曾有谁人将这盏灯开启？

【既然是读后感，那么，作者开篇引述了所读的内容之后，亮出了自己的观点：重回自我，返璞归真。同时巧妙地点了题目。语言简洁。值得注意的是最后一句问话，由个别到一般，不光是鲁迅，所有的人，都应该为自己，为他人点亮这样一盏灯。引述材料、开篇明旨。】

（2）穿窗瘦月底、落叶寒风中，向来是少有心存鸿鹄之志、一路慷慨高歌的志士的身影。他们的心中唯有"致君尧舜上，再使风俗淳"这样的高瞻远瞩。

【作者一定是读过汤舜民的诗句："走空阶落叶飔飔，难支吾今夜寂寥""客怀霜信寒蛰近床，雁声随斜月穿窗"。于是有了"穿窗瘦月底、落叶寒风中"，极其生动地描绘了"志士的身影"。"致君尧舜上，再使风俗淳"是杜甫的理想，也是鲁迅的"高瞻远瞩"。给志士画像，进一步深化"返璞归真"的含意。"灯"含意之一"尧舜""风俗淳"。】

（3）心怀壮志没有错，可是我又怎能忘却，当力拔山兮气盖世的项羽走向穷途末路之时，不是为了江山社稷而悲，却是涕泪长流地问道："虞兮虞兮奈若何？"这不是妇人之仁，而是楚霸王心中真正人性的牵挂，挚情至此，不减雄豪。

【这里紧承"志士"，进一步扩展、深化"志士"的"人性""情怀"内涵。项羽还有一句"无颜见江东父老"，说明什么？"灯"含意之二"真正的人性""挚情"。】

（4）更不可忘却的是《薄伽梵歌》中的印度章西女皇，当峥嵘一生满心壮志的她从马上中箭跌落、生命灯尽油枯之时，她却注视着莽莽青山，笑语："你们看，那晚霞真美！"没有了百万雄师阵前的嘶吼来将她羁绊，她回归的竟是一个女子的柔情。

【"不可忘却的是"不只有项羽，还有章西女皇，她是志士，也是"一个柔情"的女子，志士有"柔情"，有"真正的人性"。"灯"含意之三"柔情"。】

（5）而最让人心生悲凉而慨叹的是，当毛泽东度过他生命中最后的一个除夕时，身边的工作人员小心翼翼、生怕打扰了病榻上的他，他却说："过年啦！你们去放挂鞭炮热闹热闹吧。"即便是心中充满宏韬伟略的伟人也终在寒冬中渴望最最微小的温暖。

【在列举了两个事例之后，又举了毛泽东的例子，再次深化诠释"志士"的内涵——"温暖"。他们伟大、"高瞻远瞩""雄豪""满心壮志"，同时，他们也"柔情""温暖"。立体的人，昂扬屹立起来。经过2、3、4、5段的不断地渲染，"志士"的形象丰满地树立起来。"身边的工作人员"是人民的代表吧？关注的是人民的生活。"灯"含意之四"温暖"】

223

【以上每一个画面都是那么简洁丰满，事例恰如其分，不紧不慢地扩大着内容的含意，又信手拈来。2、3、4、5段，说的是"灯"的含意，即回答了"是什么"。】

【我以为(2)段里的"他们心中唯有——高瞻远瞩"这个含意，在后边三个事例里没有很好地挖掘、体现。再说这几个事例的顺序也应考虑调整，风俗淳说的是民情、项羽说的是男女之间的挚情、章西女皇说的是个人的柔情、毛泽东说的是关心他人的温情。民情——温情——挚情——柔情。（从大到小）】

（6）一语至此，我却已是如鲠在喉，不知所言了。人们甘之如饴、感慨系之的宏图大志终是化作心底一个纤细，甚至不曾体会，甚至耻于言语的微小感怀。曾经的刚毅与一路的壮歌终敌不过柔肠百转的星点微光。我认为鲁迅先生的可敬可畏大约也是在此了。他不仅是一位横眉冷目的斗士，他也需要一盏明灯来照见自己的内心。

【"如鲠在喉"，用自己的情绪，调动着读者的情感。接下来指出了鲁迅、志士们之所以"可敬可畏"的原因。鲁迅"需要一盏明灯来照见自己的内心"，我们呢？也是如此。回扣了第一段。这一段也是对前边的总结。他们有"宏图大志""刚毅壮歌"，他们也有"微小感怀""星点微光"，他们是神，更是人。这是一个过渡段。这里照应"高瞻远瞩"会更好，更符合作文材料的精神本质。】

（7）为先生开一盏灯吧，为千千万万如先生一般苦劳辛的人们开一盏灯吧。在我们所谓的一往直前时，我们内观而自知的温暖在最细微处，而正是在这小处藏着的星光引着我们在一生微茫中蹒跚行走。

【这里，作者再次发出呼唤：为先生开一盏灯吧。为什么？"正是在这小处藏着的星光引着我们在一生微茫中蹒跚行走。"如果说前边是"分析问题"，那么，这一段就是"解决问题"，是解决问题的总说，下面一一分说。】

（8）人活一世，为国为家，却常常忘怀了自己生命的本性，以为这是生命的"枝叶"。中国的传统中是不讲"我"的，人性总是被万丈光芒的"大局"所笼罩。试问大明的脊梁张居正，他为了万历的新政精疲力竭，却不为世人理解，以为他沽名钓誉，难道他不愤懑、不孤苦吗？当他在父亲的灵堂前，面对质疑他的子弟下属，歇斯底里地呼喊要让他们杀掉自己时，难道他不明白他那漂泊太久的灵魂早已成伤？他真正的终点并不是扭转大明的倾颓之势，而是反观自我，与自己和解，在细小之处重还自己以人性啊。

【第八段是前一段的继续、深化。从历史概括讲起，以张居正之例为佐证，说明我们不能"忘怀了自己生命的本性"，所以，"为先生开一盏灯吧！"重还我们自己的人性。"与自己和解"，多么深刻而实在的呼唤。怎么办之一——"反观自我，与自己和解"，才能还自己以人性。】

（9）当今的人们不也是如此吗？为了生活，辛苦奔波，芟夷所谓的"枝叶"，却终两手空空，人们所谓的"精华"终也不过如水长东。正如那个告诉迷惘的金岳霖"你是金博士"的车夫

225

一般，应该有人告诉我们，我们到底是谁。我们需要听一听群山肆意而低沉的回响，看一看飞鸟衔着心声翱翔，反观自心，才有前行的力量。

【历史如此，当今更如是。我们往往忘记了出发的目的，我们往往在匆忙的路上丢掉了自己的灵魂。是啊，"反观自心，才有前行的力量"。开一盏灯的目的是什么？为了前行有力量。怎么办之二"反观自心，才有前行的力量"。】

（10）那曾被人热议、如今一闪而过的余秀华曾道出世人的缺憾："我不想被称为脑瘫诗人或是农民诗人，我只想被介绍为诗人余秀华。"的确，人们是不是太关注所谓"标签"而忽视了人性的呼号？是不是物质、财富与前途让人们忘记了真正宝贵的"不值一提"的情谊？是不是唯有可歌可泣才是有价值的一生？不是的，绝不是的。这不过使我们迷惘，而不知道前路何方。

【举余秀华的例子，并进行深刻的分析说理。作者连续发出三个大大的问号，令人深思、叫人反省。我们的前路在何方，我们究竟该怎样不迷惘地前行。回答了"返璞归真"的目的、意义。回答了我们需要"真正人性"的目的、意义。怎么办之三前行中不被财富所"迷惘""知道前路何方"。】

（11）这一盏在中国关闭了千年的灯，凭一己之力是打不开的，那些好高骛远的斗士们也是打不开的。心中的悲凉，往往在口中化为沉默。那些对于王安石变法的失败哀其不幸、痛心疾首的人们不要将罪责统统归诸封建体制，在青苗法的光鲜外表下难道没有百姓被逼强贷的悲声吗？民生不也是被践踏在脚下吗？我

226

们奉为程朱理学的开山鼻祖程颐所言"饿死事小，失节事大"，不正是对人性的轻视吗？封建社会的所谓道德，所谓的歌舞升平，在一座座贞节牌坊的竖立之时即已倒下。

【开一盏灯，难啊！怎么办之四前行中不要"对人性轻视"，思想重视。】

（12）若是如柏杨之言，三千年的封建礼教已将我们沉在酱缸的深处，那也未免过于悲观了。

【回头一转，我们不必悲观。（10）应放在（11）（12）之后，先历史后现在，又与（13）紧密连接。】

（13）为了世人，我们应开一盏灯，哪怕青灯如豆。那些空村中的留守儿童与空巢老人，他们可以依靠城市中的亲人汇来的冰冷的钱生存，而谁又能教会他们生活？有谁知那最贫穷却也最幸福的国家不丹，国王骄傲地宣布，他所追求的不是经济，而是青山绿水，民乐安康？其言甚好，效之则难。当我们的社会是急功近利的，我们也注定将在这股洪流中渐渐忘却自己的本心。当我们的生活走向各种指标评价的"富"与"强"，我们的灵魂，那些生命中最质朴的声音、微不可察的呐喊，又将何处安放？

【文章总是为时而作，联系现实是必须的。针砭时弊是思想深刻的表现，不为针砭而针砭，而是警醒与呼唤。现实的残酷，更需一盏灵魂灯。怎么办之五倾听"生命中最质朴的呐喊"。处理好富强与生命中最质朴的声音的关系。】

（14）先生终是离去了，而我以为他只是缺席我们的时光，

227

他并没有死去，他仍需要一盏灯，他仍要"看来看去的看一下"。是他对生活深厚的爱，让他呼喊，让他彷徨。如今我们仍有为如先生之人点一盏灯的机会。来吧，烧尽可燃之物，哪怕灯尽油枯，哪怕不比星光。

【先生离去的是肉身，没有死的是精神——"对生活深厚的爱"。他用爱替我们呼喊！替他人点一盏本心的灯吧。怎么办之六"燃尽可燃之物"，表现我们"对生活深厚的爱"。】

【7、8、8、9、10、11、12、13、14段说的是"怎么办"。这些段，文字有点多了，我的意思是不够简洁、精炼。】

（15）不要忘却，当我们于生活愈行愈快时，于自己、于本真却是愈行愈远了。试问，无源之水，如何流淌？无根之木，如何生长？无本之人，如何远行、志在四方？

【结尾作者几乎是呐喊了，回复本真吧，我们这个时代！为着远行、志在四方。】

分析：

全文思维聚焦在返璞归真的本心、真正的人性——挚情、柔情、温暖等。作者站在历史的高度呼唤，人们啊，重回自我吧！站在生命的本性上，开列了种种药方。

思维核心就是用大量的历史的、现实的，外国的、中国的典型的事例，不厌其烦，陈述、拓宽中心论点的深度、厚度。提出问题、分析问题、解决问题，是她的思维路径。着力于"是什么""怎么办"。

其实本文的思想并不那么新颖深刻，之所以获奖我想是两条，一是语言好有文采，二是事例丰富新鲜。作者手里有上好的材料，她又是能工巧匠，于是就铸就了一座美轮美奂的大厦。此文获奖是对阅读的最大鼓励。

其实，作者还可以深入挖掘材料的思想内涵的。比如战士的日常生活与战场生活之间的关系；比如"枝叶"与"花果"的关系；什么是"实际上的战士"等。没有讨论关系是个遗憾。

鲁迅即使病卧在床，也牵挂着"无穷的远方"和与我有关的"无数的人们"，战士必须与人民息息相连。即使病卧在床，也有"有动作的欲望"，我要生活下去。这些都要有研究、有表现。于是我觉得对于作文材料和所列的事例挖掘得还不深入。

志士们"我以我血荐轩辕"，有错吗？没有。但是，振臂一呼响者云集，开拓者、引路人也毕竟是少数，他们站在高高的山岗，于是被神化了，好像不食人间烟火。我们应如何认识他们？钱塘江大潮来袭，波澜壮阔，但也终有风平浪静的时候，事物与人是一样的，都有两面性，既豪迈又温情，壮士且如此，常人自不必说。问题是我们常常盯住一面而忽略了另一面。我们常常看到他们冲锋陷阵，而不知他们微小的柔情。我们常常强调一面而不屑另一面。正如伟大来自平凡，二者不可分离。片面必然以牺牲全面为代价。圣人也有常人心。我们需要圣人的导引，我们更想要的是真正的人性、本心，对于我们占99%的常人来说更是如此。他们的豪情壮志是可歌可泣的，他们的日常生活心系人民，也是可歌可泣的。一切都是生活。

读书的乐趣，写作的奥秘

2016 年 9 月时潇含做客深圳电视台财经频道《悦读》栏目，以下是据现场录音整理出来的部分访谈记录。

主持人：我要特别祝贺下潇含啊，在过去半年里面，连着拿了两个国家级的大奖。去年年底呢，是获得"鲁迅青少年文学奖"，然后呢，今年的 7 月份，是拿了"叶圣陶杯"的"全国十佳小作家"。

时潇含：对。

主持人：这两个奖一定有很多的奖金奖品吧？

时潇含：哈哈，其实没有。

主持人：什么都没有吗？

时潇含：就是发了些书。

主持人：参赛好玩儿吗？

时潇含：参赛有好玩儿的一面，也有痛苦的一面。

主持人：哦？怎么讲呢？

时潇含：好玩儿，就是跟那些同样非常厉害，甚至比我更厉害的人在一起交流，了解他们的思维方式，了解他们未来在写作上的规划是什么样的，我觉得这是一个很有趣的事儿。

主持人：他们都已经有写作的规划了？

时潇含：有规划，大家都出了很多书，有一个自己的方向，所以我觉得他们是真的很厉害。

主持人：哦，他们的厉害表现在哪些方面？

时潇含：比如说，就有一个小女孩儿，她喜欢《红楼梦》，然后她别的方向的书不读，就完全钻在《红楼梦》里。还阅读《红楼梦》

周边的书，比如说张爱玲啊，刘心武啊，这些作家对于《红楼梦》的这个……

主持人：考证索引。

时潇含：对，考证。这方面的书她全都读了，然后她对《红楼梦》里体现的清朝的那个服饰、饮食、风俗啊，这些东西，她有一个很全面的了解。感觉她已经有一个自己的方向。

主持人：对。

时潇含：她很清楚自己要做什么。

主持人：她们觉得你厉害吗？

时潇含：她们觉得我读书很多，范围很大、很杂。

主持人：就是大家一堆少年高手之间，大家互相表扬，互相吹捧，是吗？

时潇含：对，互相吹捧。

主持人：很开心的过程，但是呢，你刚才说，好像参加比赛也有一些蛮不高兴的事儿，我能这么说吗？

时潇含：不高兴倒算不上，比赛压力确实很大，平时我们阅读写作不是一个功利性的事，但是如果我去参加比赛了，那就是功利的，因为我要获奖。

主持人：它是一个竞技目的很强的活动。

时潇含：对，带着一个这样的目的参赛，竞争还是很激烈，要考察各个方面，做多方面准备。我们不仅要写作，还要演讲。另外全方位考察我们平时发表的作品的质量，所以压力挺大的。

主持人：是。鲁迅文学奖的特别奖是一篇现场作文？

时潇含：对，现场作文。

主持人：大概给了你多长的写作时间？

时潇含：两个小时。

主持人：然后你为我们送上了一篇《请为先生开一盏灯》？

时潇含：对。

主持人：这篇文章的一个核心的内容是，即便是像鲁迅先生这样的斗士，他也依然是有着内心的小温情、小温暖和小感触的。我这么总结是对的吗？

时潇含：对。

主持人：为什么会有这样的一个理念出来？

时潇含：因为我平时读很多书，古代那些看似风华绝代、挥斥方道、指点江山的人物——其实我会听一些像"百家讲坛"这样的讲座——就发现，他们其实在这个光鲜的另一面，也有很多无奈。

主持人：看过大家对于你这篇作文的评论吗？

时潇含：这个我看的比较少。

主持人：看得比较少？好像都在说啊，好厉害啊，这个女生，她的阅读量怎么会这么广呢，这个问题也是我接下来要问的问题，听说你一个暑假读了49本书，这是一个传奇，真的假的？

时潇含：真的，哈哈。

主持人：每天是在读一本，比如说《空调的使用手册》吗？

时潇含：哈哈，没有，我读的有十几本是双语书吧，那个比较快，一天可以读两三本。

主持人：为什么双语书读得比较快？

时潇含：英文的看起来比较容易。

主持人：英文看起来比较容易？

时潇含：英文你主要就是看故事，但是中文……我觉得就现在，对于我们来说，小说故事只是它的一个展现形式，它的重点并不在那个情节那个故事上，它重点是就是躲在那个故事后面的作者，他想说的是什么。

主持人：比方说？能给我举个例子吗？举一本书的例子。

时潇含：我们就说最熟悉的《老人与海》。从初中开始学，特讨嫌，那么短一篇文章，大家各种分析，精炼呐怎么样，这是从表面上看它的情节，我一开始也特别讨厌《老人与海》，直到我发现，它后面有基督隐喻，就比如说，那个圣地亚哥背着他的桅杆，就像背着十字架一样，最后倒在了海滩上，倒在他的那个只有报纸做床单的床上，这就是基督的隐喻。我觉得，读到了这个就感觉非常深刻，有很多不一样的感觉，但是，这个是要我们静下心来读，所以这样花的时间反而更多。

主持人：这个隐喻是你自己发现的吗，还是别人告诉你的？

时潇含：我觉得，有一些地方是很不必要的情节，就比如说，为什么要背着桅杆背着像一个十字架一样？为什么钉子钉在手上？就是耶稣被钉在十字架上的那种。这种隐喻，就感觉很奇怪，然后就去搜……

主持人：相关的资料。

时潇含：对，然后就发现了。

主持人：这样的话，看一本书的速度就要慢很多了。

时潇含：对。

主持人：但是你还是看了 49 本。

时潇含：主要是我没写作业。

主持人：49 本书都有哪些书？给我们说说看，好不好？

时潇含：老舍的《茶馆》。英文书那些就不说了吧，那些主要是故事性的。

主持人：因为我不太懂英文，所以我们不说英文书。

时潇含：哈哈，好，丹·布朗的那一套我也看了。

主持人：《达·芬奇密码》那一套，《天使与魔鬼》是吧？

时潇含：对，我觉得那一套书其实非常好，它对于宗教的叙述，可以增进我们对宗教的了解。我想有马未都的关于收藏的一系列的书。

主持人：哦，你打算要搞收藏了吗？

时潇含：哈哈，我不打算搞收藏，因为我没有钱。

主持人：哈哈，我也是这么想的。

时潇含：但是，我是想学关于文物方面的东西，以后我不想完全以文学写作作为我的职业，我希望把它作为我的兴趣，我希望我学的东西，是关于文物这方面的。

主持人：好，接下来这个问题，我想问一下，过去呢，连续拿了这么多的奖，而且呢，一直是以写作来作为自己的一个爱好，你刚才说有可能还是只把它作为一个爱好而已，将来有没有可能以写作来作为一个自己的本职工作呢？

时潇含：我觉得不会，如果你让它作为自己的一个工作的话，首先是很多束缚，我现在的写作，是我想说什么就说什么。那以后可能会有一些不能说的话，或者你时间上还要面临催稿。

主持人：对。

时潇含：那个有很多限制。

主持人：职业作家他也有很多苦恼的。

时潇含：对，我觉得反而是把我给禁锢住了。

主持人：对。拿了两个全国性的大奖后，回到学校会有些什么不

一样的变化吗？自己会不会有一些心态上的变化？

时潇含：这个我倒没有。

主持人：真的吗？

时潇含：真的，因为我觉得这对我来说，其实作用并不是很大。

主持人：全国冠军呐，我当时已经看了很多的报道在说你，真的一点都不觉得得意骄傲吗？

时潇含：因为我考试作文写不好，就在学校里，这事儿也就提一下，就过去了。怎么说呢，这和机遇有关，可能有很多比我更厉害的人，他们没有抓到这样一个机会，现实生活中，我就能看到很多比我厉害的人，而且我也没有觉得它真的对我有什么改变啊，连钱都没有。

主持人：这句话老师听了不会有意见吧？

时潇含：哈哈，不会吧。

主持人：哈哈，我现在明白了，你呢，也不会以写作来作为自己本职工作，同时呢，拿了这两个奖呢，对你来说也没有什么特别在乎的地方。

时潇含：当时很在乎，比赛的时候非常在乎，得了奖之后，反而可以说，没关系，都是过眼烟云，哈哈。

主持人：那什么才不是过眼烟云呢？

时潇含：我觉得就是这个参赛本身，包括这个参赛准备过程中对我的塑造。参赛前，我有非常多的准备，这个比赛能让我走出去，和那么多非常厉害的同龄人在一起，这个让我产生的思考，我觉得很重要，不是说得了一个奖有多重要，如果我光得这个奖，没有经历，我倒觉得一点用都没有。

主持人：读书，开心吗？

时潇含：读书？当然开心。我初中读《诗经》，然后背下来，就

235

觉得很厉害，把它引用在我的作文里。但是，我觉得现在读书更多关注的是这个书能带给我们怎么样的思考，最好是它能对我的思维方式有一些转变，开拓我看问题的角度。有一本书叫《魔鬼经济学》，我觉得这个对我影响很大。

主持人：没错，用很多经济学的原理来解释我们人的日常生活，是吗？

时潇含：对，因为经济它是一个非常客观的东西，我觉得，它能让我们获得一种科学的思维方式，以及对事物本质的认识。理性是很重要的一个东西，我觉得，表达可以非常感性，但是你的思维必须很理性。

主持人：那么到这，我就总结出了你读书带给你的第一个快乐，能够帮助你开拓思路，还有吗？

时潇含：还有就是和那些拥有高智慧的、跨越时代的人进行交流。就拿孔子来说，孔子那么落后的时代，他想的东西，我们今天来想，差不多也就是这个样子，我们还在拿他说的话作为准则，他这个智慧，真的是跨越时代。

主持人：特别佩服这些人？

时潇含：嗯。

主持人：最佩服的是哪一位？

时潇含：最佩服的呀……

主持人：是孔子吗？

时潇含：不是，我其实比较喜欢的人是朱敦儒。

主持人：朱敦儒？南宋的那个词人，你怎么会喜欢他呢？

时潇含：我觉得他就是那种完全放达、洒脱的人。

主持人："我是清都山水郎"那种，"天教懒慢与疏狂"，是吧？

时潇含：但是，放达、洒脱的话，不是有苏东坡在前面吗？我觉得苏东坡是放达、洒脱，但是，他对于官场这些追逐，还有他内心……

主持人：还是有纠结和想法的。

时潇含：对，就像那个柳永一样……

主持人：奉旨填词，一定要吹一下，对不对？

时潇含：对，什么"白衣卿相"这个，就一边装出一副非常清高的样子，一边还是这个……

主持人：别人给我一个小官，我都高兴死了。

时潇含：对，但是朱敦儒不是这样的，我觉得朱敦儒非常放达，你要把他放在他那个大的社会背景下，在那样一个，怎么说，就是学而优则仕的时代，你当官，为国家做贡献，"致君尧舜上，再使风俗淳"，这样才能实现你的人生价值。但他敢这样说这些话，写出这些词，他还是非常厉害的，对他的人格我很崇拜。

主持人：嗯，这确实是一个大家不太常提起的名字。告诉我最喜欢的作家吧，有哪几个最喜欢的作家？

时潇含：马洛伊·山多尔。

主持人：哦，再说一遍好吗？

时潇含：马洛伊·山多尔。

主持人：好吧，他写过什么书？

时潇含：他写过《烛烬》。

主持人：第二位吧，我们来说第二位。

时潇含：第二位，丹·布朗。

主持人：哦，丹·布朗，写《达·芬奇密码》的，他是一位悬疑小说家，我们可以这样给他定义。

时潇含：对，通俗小说家，但是我觉得，他有超越通俗小说的地方，比如说，《天使与魔鬼》，是我读的他的第一本书，也就是这一本书让我产生动力读完他所有的书。他在里面，对于科学和宗教，这个我们一直感觉是相互对抗的两个东西，他进行思考，诠释出一些全新的东西来，包括一些关于人性的东西，我觉得在里面体现得非常明显。

主持人：对对，到这，我突然发现，你在阅读上有一个很有意思的趣味。从你的写作《请为先生开一盏灯》，一直到你喜欢《天使与魔鬼》的这样一个理由，你似乎喜欢的是很多生活表面以下的东西，看似有悖常理，但其实仔细解释后是有道理的东西。你是不是有一个这方面的阅读倾向呢？

时潇含：对，我是有点倾向，包括我平时会听一些讲座啊，也是这个倾向。因为我觉得我们面前所展现的是非常小的一部分，如果我们眼界就停留在这些东西上，那我们的思考不可能很有深度。

主持人：是，那么到这里的话，你已经告诉我喜欢阅读的第二个理由，开阔眼界，对吧？第一个增加知识，第二个开阔眼界，如果还有一个理由，会是什么呢？

时潇含：以文会友。

主持人：噢，怎么讲呢？

时潇含：就是跟我有同样兴趣，喜欢阅读同一类书的人，我们会聚到一起，比平时在生活中，学校里，聊一聊八卦啊，今天考多少分啊，感觉好很多。

主持人：以文会友，你刚才说比聊八卦更好玩，更有意思，为什么更好玩呢？

时潇含：我觉得是思维的一种碰撞，每个人读这个书，得出的结论是不同的，甚至可能是截然相反的，而且，我们认识事物的角度，包括我们平时的价值观，导致我们对于这个问题的思考是不同的，然后，我们可以通过一些交流啊，甚至争议啊，就能知道别人在想什么，也能够让自己的理解更深刻一点，这一点是特别重要的。

主持人：我们要知道别人在想什么，所以这个是带给你一个以文会友的收获，一共说了三个收获。你知道，现在可能会有很多的同学，他们有这样一个苦恼，因为写作文这件事情难度蛮大的。你现在已经是一名国家级的作文高手了，如果你要给他们一些提高作文能力建议的话，你会说什么呢？

时潇含：您是说纯粹的写作，还是考场作文？

主持人：写作。

时潇含：我觉得写作的话，建议，我的建议是，那些技巧，修辞手法，排比句，这些小东西不会对你的作文造成本质上的影响，我认为这些根本不重要，就包括用什么诗词，这些其实也不是最重要的东西。如果你没有思想，华丽的语言就根本不重要。那首先开拓你的眼界。另外一点是，我觉得，文章还是立意最重要。立意，就是你对于这个时代的认识，你的责任感，可能我们不一定要写个大事才是责任感，我们可能就写一个非常小的事情，或者是关于你自己情绪的表达，反映你这个时代的，它就是好东西。

主持人：好了，除了这两点以外，还有吗？

时潇含：改变自己的思维方式。改变自己的思维方式特别重要，就我们现在看那些什么反智主义，或者是最典型的，就说网上大家各种骂，要不就是对专家的偏听偏信，或者是对于专家的完全不信，我觉得这个思维方式都要改。

主持人：那么应该改成什么样的一种方式？

时满含：我觉得，首先是我们看问题不能太绝对，就比如说，对中医这个黑啊，说这个中医怎么样，一点用都没有。这个，首先我们要辩证吧，我觉得，它流传这么多年，中国古代哪有西医啊，只有中医啊，它能传承下来，就必然有它的道理的，当然，它也有很多我觉得不可理喻的地方，就比如说，把房梁上的灰尘刮下来然后泡水喝，可以治病，这个，确实不对。但是，我们不能完全 棍子打死，不能那样看。然后，很科学的一个思考方式吧，因为我们偏听偏信还是比较严重，以及盛行经验主义啊。怎么样才能证明一个药是真正有用的呢，就要通过大样本随机双盲对照实验。培养我们科学的客观的思维方式，就不能说，我已经想到要怎么样了，然后再去看这个事情，那主观性肯定太强了。